小学館文庫

食と酒　吉村昭の流儀

谷口桂子

JN020200

小学館

同郷の文化勲章作家、丹羽文雄氏に捧ぐ

はじめに

作家は死んだら忘れられるといわれますが、吉村昭さんは亡くなって十五年たったいまも、文庫本の増刷が続く稀有な作家です。

大地震やコロナといった災いのたびにも、著作に注目が集まります。

この本は、吉村昭夫人である津村節子さんに、丹羽文雄さんの顕彰のお力添えをお願いしたことがきっかけでした。

本文中にもありますように、丹羽さんは吉村さん、津村さんの恩師にあたる方です。

それはインタビューという形で、小学館のサイト「P＋Dマガジン」に「夫・吉村昭と歩んだ文学人生」として公開になりました。

その折、吉村さんの著書を読み返したところ、唯一の楽しみである酒や、食へのこだわりが随所に書かれていることに気づきました。

ともかく安くてうまいものを死ぬまで楽しく食べたい――

ともかく一食一食が私の大きな関心事――

あの『戦艦武蔵』の作者が？　と興味がわきました。

吉村さんの評伝は何冊かありますが、食と酒を切り口にして、人間吉村昭を、さらには吉村夫妻を描くことができれば、これまでにない本ができるのではないか、と……。

文学に、人生に、真摯に向き合った、チャーミングな人となりに触れていただければ幸いです。

谷口桂子

食と酒　吉村昭の流儀

目次

第一章　「食いしん坊」のルーツ

1. 一食一食が大きな関心事

夫は、食べ物について実に貪婪である。

吉村昭夫人で、作家の津村節子さんは、随筆にそう記している。ドンラン？ 耳慣れない言葉だ。貪欲でも、貪食でもない。むさぼるという意味の漢字が二つ重なっているのだから、程度がはなはだしいということだろう。文は次のように続く。

旅に出ても、名所旧蹟など全く関心がない。（略）夫の旅先での買物は食べ物に限られ、北海道ではグリーンアスパラ、じゃがいも、生きている毛蟹や花咲蟹、丸のままの生鮭。これは腹をさくと、透明なオレンジ色の卵がこぼれ出て来た。 津村節子『書斎と茶の間』（毎日新聞社）

北海道は新婚時代に行商の旅で放浪したところで、その後も吉村さんは取材で何度も訪れ、『破獄』『羆嵐《くまあらし》』などの名作を残している。買い物は北海道に限らない。

青森からは、海水を入れた石油罐に生きたままの帆立貝を入れて持ち帰る。八戸では、ピンク色の甘塩のたらこや一塩の魚類、秋田では原酒、きりたんぽ、岩手では芽株（わかめの根で、熱湯に通し、刻むとねばりが出てとろろ状になる。これに醬油をかけ、熱い御飯にのせて食べる）松藻（海藻で、さっと焼いて御飯の上にもんでかけてもよし、丼に入れ、醬油と化学調味料を入れ、熱湯を注いで即席の吸物にもなる。その他、酢の物、蒸しうにと和えても、オツな肴になる）福井では越前蟹、板わかめ（海苔状になっていて、適当な塩気もある。これを焼いて御飯にかけるか、おにぎりにまぶす）若狭がれい、小鯛を三枚におろして酢でしめ、小さな樽に詰めた小鯛のささ漬、広島では生牡蠣、山口ではかまぼこ、長崎ではてんぷら（魚のすり身を揚げたもの）等々――。

「よく気がつかれますね。奥さま孝行で感心しました」

などと同行の人が驚くが、自分が食べたいのである。（同）

なるほど、家族への土産ではなく、自分が食したいのか。宅配便で送れば、翌日以降の到着になる。それでは待ちきれない。自分で持ち帰って、その夜自宅で一杯やりながら旅先の珍味を味わいたいのだ。

妻の別の随筆にも、貪婪の文字を発見した。

美食というわけではないが、とにかく食べ物には貪婪なのである。

朝食がすむと、昼は何を食べようかなア、と言う。昼食がすむと、今夜のおかずは何だ、と聞く。

外出していて食事を外ですませて帰ってくると、今夜の献立は何だった？ と聞くのである。外で好きな物を食べてきたのであろうに、一食損をしたような気になるらしい。（同）

津村さんは幼い頃から胃腸が弱く、食べ物に関心の強いほうではなかった。おいしいものは嫌いではないが、どうしてもという情熱は持ち合わせていない。

学生時代に知り合った二人は小説家志望で、結婚当初、吉村さんは会社に勤めていた。やがて子供が生まれる。寝かせると泣くので、妻は赤ん坊をおぶってタンスの上に原稿用紙をひろげて書いていた。同人作家では終わらない、なんとか世に出ようと、死にもの狂いだったときだ。

その頃は昼食など食べたことがなかった。牛乳と果物、クッキーと紅茶。それさえ食べ忘れて、夕方になぜお腹がすくのだろうと思ったりした。

子育てと、それよりなにより小説を書きたい。食事の支度など頭にもなかった。

ところが夫が作家となり、家にいるようになってはそうはいかない。「くいしんぼう亭主」という妻の随筆がある。この題は編集部がつけたようだが、これほどわが亭主にぴったりしたタイトルはないと述べている。

ここでも、朝食がすむと、昼食。昼食がすむと、晩飯。さらに晩飯がすむと、明日の朝飯はなにが食いたいかなあ、と言う。そんな男を亭主に持ったために、のべつまくなし食事のことに追われている。

そしてサラリーマンとの比較になる。夫が勤め人なら、朝出かけたら夕方まで帰らない。昼食の手間が省ける。ところが居職の夫は一日家にいる。

「わが亭主は毎日三度三度うちで食べるのである」

と妻が書くと、文壇でおしどり夫婦として知られた二人の微笑ましい論争になる。

「三度食べて悪いか、二度なら犬だ」と夫は応戦する。

それでは、妻に貪婪と書かれた夫をみてみよう。

吉村さんの小説で、食事の場面というのはほとんど浮かばない。「すべて事実」と断っている随筆でも、具体的な記述は全体の量からすると多いとは言えない。

それでも繰り返し書かれていることがある。食についての強いこだわりだ。

私の最大関心事は、「食べる」ことと「飲む」ことに集中されている。『蟹の縦ばい』（中公文庫）

私の食物に対する執念は強い。どじょうのうまい季節になると、わざわざ深川のタカバシまで月に何度も出掛けるし、ゲテ物と称するものにもすすんで箸をつける。『白い遠景』（講談社文庫）

タカバシは「高橋」と書き、江東区の深川あたりになる。いまはない老舗の「伊せ喜」だろうか。

吉村さんは、どんなものでも好んで食べた。人間だから嫌いな食べ物があるだろうと聞かれ、真剣に考えてみたが思いあたらなかったようだ。

珍しい食べ物も、ためらうことなく口にした。ゲテ物と言われるのでは、蛇は焼き鳥風のシマ蛇、蒲焼にしたマムシ、奄美《あまみ》ではハブの天ぷらも賞味した。

一方で、用心深い性格で、サバは中毒の確率が高い魚なので、煮たものしか食べたことがなかったが、長崎で刺身を食べて、食べ物の本当のうまさは生のままで食べるに限ると思った。

また、あるときは友人に誘われて、精力がつくものを食べに出かけた。きれいなピンク色をした豚の睾丸《こうがん》の刺身が出てきた。少々薄気味悪かったが、ニンニクをすり込んだ醬油をつけて、口にしてみると呆れるほどのうまさだった。

この豚の睾丸については、他の店で正体を言い当てたことで、養豚業者ということになり、作り話がどんどん発展していった。「奥さんも大変ですね」と同行した津村さんに店主が言い、いい加減にしなさいと妻にたしなめられている。

他にも、タヌキの焼き肉やヒグマの肉の佃煮も口にしている。タヌキは猟をやっている友人からウサギとタヌキの肉を持参するという連絡があり、早速夫は「ウサギとタヌキを食べる会」を催した。ヒグマの肉は取材で訪れた北海道で食したものだ。

別にうまいとは思わないが、それぞれに個性のある味がして、これはこれでいいなと思ったようだ。その一方で、好きなものは見境なく食べる癖がある。

たとえば甘えびについて、こんな随筆がある。


私は、まずこれはと思う鮨屋に入った。カウンターの前に坐り、ガラスケースの中の魚介類を見まわした。

小型のえびがあった。初めて眼にする美麗で可憐なえびで、店の者に問うと、

「甘えび」

と、答えた。

今では都会でも甘えび（または南蛮えび）は珍しくもなくなったが、その時、私は初めてそれを食べた。うまかった。

私は、もっぱら甘えびを肴に酒を飲んだ。

「ずいぶん甘えびがお好きですね」

店の者が、呆れたように言った。

惚れこむと見境なく食べる癖が、私にはある。腰をあげた時、私は甘えびを二十五尾食べたことを知った。『実を申すと』（ちくま文庫）

昭和五十五年に「ミセス」という女性誌に連載した随筆で、「北陸の女」というタイトルがついている。

代表作『戦艦武蔵』を発表した後、『高熱隧道《こうねつずいどう》』の取材で黒部渓谷に行ったのは、それより十四年前のことだった。富山市内で工事を直接指揮した人物を取材し、ホテルに戻って休憩をとってから、ふらりと夜の街に出た。

昭和四十年前後なら、甘えびはまだ珍しかったのだろう。

用心深いようでいて、気に入るとそこから抜け出せなくなる習癖は食べ物に限ったことではないようだが、手痛いしっぺ返しを受けることがある。

私のこの癖は、必ず後遺症がつきまとう。一時は、アワビの肝が好きで、なじみの鮨屋に行くと、それを承知している店の主人が必ずアワビの肝を出した。それをいいことに、食べに食べたが、その後、アワビの肝を見るのもいやになり、今では出されても箸を伸ばすことはしない。

それと同じように、その後も甘えびを好んで註文しては大量に食べたので、次第にうとましくなって、最近では眼の前に出されても稀に一、二尾口に入れるだけになっている。（同）

格式ばった店、値段の高い店は好きではなかったようだが、アワビについては、よほど一時期惚れこんだのだろう。

山口県の萩で、タクシーの運転手に教えられた小料理屋に行ったときだ。店主が自分で海に行き、とってきた魚介類を出す店で、こぶりのアワビが出てきた。醬油に酢を少したらして、アワビを入れると、激しく伸縮する。それを口に入れると、いままでに味わったことのないうまさだった。

同行の編集者らと感激し、三人で二十個近く食べた。

うまい話には、後日談がある。アワビの中に混じっていた小石が親知らずの歯肉に食い込んで化膿した。腫れて口もきけないほどになって、しばらく牛乳をすする日が続いた。

出先でうまいものを食べるだけではなかった。自身で大胆な料理も試みた。食材への関心や探求心も旺盛で、あるときは納豆に魅せられた。摩訶《まか》不思議な、神秘的な食べ物と納豆を崇《あが》める。

東北に行ったとき、納豆餅を食べたのがきっかけだった。納豆と餅は思いのほか相性がよく、意外なほどうまかった。この食材を極めようとして、味噌汁の中に落としてみる。自然薯《じねんじょ》を千切りにしたものにも加える。

キャベツと炒めてみたが、これは期待はずれだった。懲りることなく衣をつけて天ぷらも試している。

野菜サラダについて、重要なエピソードがある。

吉村夫妻は学習院大学の文芸部で知り合い、妻は短大を卒業し、夫は大学を中退。きょうだいの中で、吉村さんと特別に仲がよかった弟が、「兄貴は気難しくて癇癪持ちだけど、結婚してくれたら僕はできるだけのことはする」と、自分が結婚するような熱心な求婚をして結婚に至った。

結婚前、吉村さんが野菜サラダを黙々と食べるのを見て、

「ずいぶんおいしそうに食べる人ね。こんな人、今までみたことない。野菜サラダがそんなにお好き？」

と未来の妻は言った。うさぎ年だから野菜は好きと、未来の夫はうさぎの食べ方を真似てみせた。変わった人だと思ったと、結婚後に妻は思い出したように言った。ありふれたサラダを、なぜこんなにおいしそうに食べるのか不思議に思ったようだ。

結婚後の食卓でも妻が噴き出す場面があった。

「おいしそうに食べるのね。食べる機会はこれきりしかないというような食べ方よ。そんなにおいしいのなら、またこのお料理作ってあげるわ」

妻の目にそう映っただけではない。作家となった後、会食する人からも、ものをうまそうに食べると言われた。

徒党を組むことができない吉村さんは、同業の作家とは交わらず、編集者とだけつき合い、唯一の例外が同じ昭和二年生まれの城山三郎だった。吉行淳之介が随筆に登場するのは、たまたま講談をきく流れでそば屋に立ち寄ったからだろうか。

そばを肴に日本酒を飲んでいると、

「君は、うまそうに物を食べる人だね。そんなにそばが好きなの？」

と、呆れたように言われた。

食べ方が一心不乱に見えるからなのか、と吉村さんは理由を考え込む。

確かに、食事を終えた後、かなりの疲労を感じる。ぐったりするほど疲れる。「疲れたあ」と言うと、「なぜ、そんなに疲れるほど一生懸命食べるのです」と妻が言い、息子や娘も苦笑する。意識はなくても、食べることに集中しているからだろう。

ともかく安くてうまいものを死ぬまで楽しく食べたい――

ともかく一食一食が私の大きな関心事――

ともかく、なのだ。さらに一食一食とまで言われると、なにやら鬼気迫るものがある。

なぜ、そこまで食べることに執着するのだろう。

2. 戦争と大病が、食に執着する理由

まず考えられるのが戦争だ。

昭和二年生まれの吉村さんは、終戦のときに十八歳。旧制中学の学生だった。四月の夜間空襲で生まれ育った日暮里《にっぽり》の家を焼かれ、隅田川を隔てた仮の家に移住する。

橋の欄干から下を見ると、川には死体が四、五十体浮かんでいた。死体が互いに

くっつき合って大きな筏のようになり、死に対する感覚が失われていたからか、なんの感情も湧いてこなかった。

それが戦争の記憶だった。

吉村さんの『東京の戦争』（ちくま文庫）によれば、米の配給は戦況の悪化で急速に減少し、代わりに大豆やいも、とうもろこし、こうりゃんが配給されるようになった。穀類は雑炊にして豆粕も入れる。豆粕というのは大豆から油をしぼったかすで、馬の飼料にされていたものだった。

野菜も時折配給されたが、隣組という町内組織で大根一本ということもあった。到底足りるはずがなく、畑に限らず少しでも土があるところは掘り起こして、かぼちゃや大根の種をまいた。それも収穫を前に何者かに盗まれてしまう。

家では数羽のにわとりを飼っていたが、夜間空襲で丸焦げになって庭に転がっていた。前夜からなにも食べてなかったので、ためらうことなく口にしたが、ワラをかむような味で到底食べられるものではなかった。

「戦争は終らない」という随筆がある。

駅前の通りを、焼き鳥を食べながら歩いてくる男がいた。一流会社にでも勤めているようなサラリーマン風の男で、ひどく深刻な表情を見ているうちに、ほろ苦い感情が湧いてくる。その男が、自分と同じような体験をしたのではないかと思ったのだ。

吉村さんは私立の名門開成中学出身で、成績は全甲で優秀だった。その学校で、しばしば昼の弁当の中身が空にされた。教師も生徒も犯人探しにつとめたが、結局わからなかった。

この中学の同窓会が、年に一度開かれていた。会の話題は食物に関することが多かった。勤労動員先の工場の裏手でかぼちゃを盗んだ話、雑炊食堂の前にできた長い列に飯盒《はんごう》を手に並んだ話、そして弁当紛失事件が誰かの口から出て、お互いの顔を見つめ合う……。

食糧事情が極度に悪化したのは終戦の二年前で、戦後になって状況が好転したのは昭和二十三年頃だった。つまり吉村少年は、食べ盛りの十六歳から二十一歳まで空腹感にさいなまれたことになる。

妻の津村さんは昭和三年生まれで、夫と一歳違いだ。夫婦で戦争時の食糧に話が及ぶと、ささやかな論争となる。

「毎日、おいもばかり食べていた」「お米なんかだってお粥みたいにのばして食べたし、それも麦が大部分なんですもの」

「馬鹿言え。おれなんか、麦と言ったって燕麦だ。馬の飼料にする奴を食ってたんだ。サシミのつまにするウゴという海草があるだろう、あれまで食ったんだぞ」

埼玉県入間川に疎開していた妻は、さつまいもやかぼちゃが代用食だった。それに対し、夫にとっていもは黄金色に輝く貴重な食物だった。米はおろか麦も、夢の中にしか現われない遥かな存在だった。

戦争は、やはり男のものであった、という記述がある。戦争は、男がはじめ、持続させ、終わらせたものだった。戦争についての対談相手が女性だとわかって、即座に出席を断ったこともあったらしい。

前述の焼き鳥の男については、別の随筆で「あらゆる機会をとらえて滋養のあるものを口にしたいという願望。私の戦後は、今もって終ってはいないのだ」と結ばれている。

「食べる？」という随筆にも、戦争の消えない記憶が綴られている。

K君は同じ町内に生まれ、ともに空襲で家を失った経験を持つ。ある日、出張から帰宅した彼に、妻が「あなた、夕ごはん、食べる？」と尋ねた。

食べる？　という言葉に、彼は神経を苛立たせた。七歳年下の妻は、終戦前後の食うものも食えない頃のことは知らない。

人間は食物を口にしなければ生きてゆけない、という当然のことを、K君は少年時代に身にしみて知った。その記憶が、食物の氾濫《はんらん》している今でも、かれの体に根強く残っている。空腹にたえかねて思い出すだけでも顔赤らむようなこともしたはずで、それは私の場合も同様だ。『味を追う旅』（河出文庫）

笑わないで下さいよ、先輩と言われて、「笑うものか」と、吉村さんは少し怒ったように答える。

食べる？　というひと言に、なぜそれほど神経過敏になるのか。極限状況を経験した人間にしかわからないことで、歳月を経ても笑って話せるような体験ではないのだ。

少年期のあの空腹感が、二十年たっても体の内部にこびりついてはなれない。六十歳、七十歳になってこの世を去るまで、牡蠣《かき》のようにへばりついてはなれることはない。牡蠣のようにへばりついて、という形容は言い得て妙だろう。

そうした食料枯渇経験をした人の中には、当時のひもじかったことを思い出して、飯粒一つ残さず食べるという人がいる。

ところが吉村さんは逆だ。駅弁などは多分に意識して少し残し、サンドイッチなら最後の一切れを食べない。食べ物とも言えないような食べ物ですら口にできなかった時代への、復讐に似た気持ちだという。

朝食がすむと、昼はなにを食おうかなあ、と言い、昼食がすむと、晩飯はなにがいいかなあ、と言う。妻の顔さえ見れば食事のことばかり口にする夫は、平和な世の中になっても、次の一食が食べられるかという危機感を引きずっているのだろうか。

戦中戦後の飢餓感が後遺症になって、今食べておかねばとつい食べすぎおなかをこわしてばかりいる、と野坂昭如さんが書いておられたが、夫の場合、それに加えて一度死にかけた経験がかれを貪婪にしているのかもしれない。　津村節子『書斎と茶の間』（毎日新聞社）

一度死にかけた経験とは、なんだろう？

人生の転機となる肺結核の病だ。

吉村さんは、旧制中学二年のときに肋膜炎、中学五年で肺浸潤と診断され、結核が進行する。

当時、結核は死の病だった。

二十一歳のときには喀血し、絶対安静の末期患者となった。手洗いにも行けず、食事も人に食べさせてもらった。

親代わりの兄たちが顔を覗き込んで、食べたいものはあるか、行きたいところはあるかと尋ねる。もう死期が近いと悟っていた。日ごとに体が衰弱していくのがわかり、毎日、生きたい、生きたい、あと五年、千八百日生きていられたら、なにもいうことはないと思う。

のちに医者に聞いたところ、「あと、二、三ヶ月だろう」というほどの重体だった。手術をしないで亡くなった人もいたが、手術を受けたいと兄たちに申し出た。五時間半に及ぶ胸郭成形術の大手術を受け、左胸部の肋骨五本を切除したのは喀血から八ヶ月後。そのときの体験が、作家・吉村昭の原点となる。

どんな激痛を伴う手術も、確実に時間は流れ、やがて痛みから解放される。そうして時間は一刻の休みもなく流れて、いつか死の瞬間が訪れる。生きていられるのはそれまでの間に過ぎない。生まれたての赤ん坊ですら、すでに死への歩みを始めている。

生きている時間を大切にしたい。小説を書く以外に自分の生きる支え、この世に生きてきた意味はない。同時に、人間は食べ物を摂取できなければ生命を維持できない、という根源的な発見をする。

十八歳の折胸をやられて、四年ほど病臥していたことがあるが、或る日、枕もとにおかれている一輪ざしを見つめているうちに、得体の知れぬ恐怖をおぼえたことがある。

一輪ざしには、薔薇の花が一輪さされていた。私の眼は、水の底にしずんでいる茎の切り口に注がれていたが、私はしきりと、薔薇の生命を支えているのは、その切り口から吸い上げられる水分だけなのだ、と思いつづけていた。

病身の私は、すぐにそれを自分の体に置きかえた。心臓のたえまない鼓動、体温、思うままに動く四肢、伸びつづける毛髪、それらは、考えてみれば膨大なエネルギーである。そのエネルギーを起させている源はなんなのだろう。それは、口から入る食物、飲物しかないではないか。当然すぎることではあるのだが、それは、私にとって、一つの大発見のように思えた。『蟹の縦ばい』（中公文庫）

それから、すでに二十年がたったが、私の最大関心事は、「食べる」ことと「飲む」ことに集中されている、と続く。手術の前は腸も結核菌におかされ、食物を受けつけなくなって、半年ほどの間に六十キロあった体重が三十五キロに激減した。口からの食物が肉体を維持し、それが意のままにならなくなった自分には死以外にない。食べなければ生きていけないことがもの悲しく思えた。人間は弱いものだとも思った。

「さよと僕たち」は吉村さんの初期の小説で、津村さんが好きな作品の一つだ。結核の手術を受けた〝僕〟を手伝いの少女と弟が看病し、弟はアルバイトをしながら、兄たちをまわって治療費を集める。強い絆で結ばれ、一卵性双子のように仲がよかった弟が亡くなる前後を描いたのが『冷い夏、熱い夏』（新潮文庫）だ。

「さよと僕たち」では、ある朝〝僕〟がいきなり食盆をくつがえす場面がある。同じようにキャベツにソースをかけて食事をしていた弟が、「どうしたの」と驚いて枕元ににじり寄る。〝僕〟は急に涙が突き上げてきて、

「生きたいんだ、もっと栄養物をとらしてくれ、これじゃ死んじゃうよ」

〝僕〟の体は、手術によって一応病巣がつぶされたとはいっても、まだ肺に結核菌が生きているのだ。

「病気と四つ相撲だ。栄養をとって力をつけて、しっかり療養しないと骨を折ったた価値がないぞ」

退院間際に外科医に言われた言葉がよみがえった。その夜、〝僕〟は弟が揚げてくれた厚いトンカツを食べた。「うまい？」と、覗き込んだ弟の笑顔を見て、〝僕〟は初めてくッくッとむせび泣く。

戦争と結核という病を通して、食は人間を支える絶対的なものとして吉村さんの中に刻み込まれた。

食事をするにも起き上がることができず、付添いの女性に食べ物を口に入れてもらうという病臥体験はある後遺症を残すことになる。

自分の思う通りに食事をできぬことは、まことに辛いものである。付添いの女性は、スプーンでおかゆをすくい、箸で副食物をつまんで私の口に入れてくれる。初めに味の濃い副食物を食べさせてくれた後、自然の欲求として、味の濃さをやわらげてくれる、たとえばおかゆのようなものを食べたいのだが、再び濃い味のものが口に入れられる。今度こそは、と期待しているが、また濃い味のもの……といった具合である。

それに、この女性が熱い食物を必要以上に吹いてさます癖があった。おかゆなども熱心に吹くが、強く吹くので、横からながめていると、スプーンにのったおかゆの中央部がへこんだりしている。むろん、口に入ってくる時はすっかりさめていて、彼女の呼気も一緒に食べるような感じさえした。

彼女に自分の希望を言えばよさそうなものだが、食物のことなのではしたないような気がし、黙々と食べつづけた。自分の思うままに食事をしたいと切に願ったものだ。『実を申すと』（ちくま文庫）

もともと神経質な性格で、よほど我慢していたのだろう。

それから四十年後のインタビューでも、今でも自分で食事をしながらふっと涙ぐみそうになることがあります。自分で食べられるという自由さ……。今でも後遺症として残っているんですね、と吐露している。

そして自伝的小説では、「うまそうに食べる」の真相を綴っている。


春子と知り合った頃、野菜サラダを食べる圭一を、彼女は、

「うまそうに食べる人ね」

と、笑った。

第三者にはそう見えるかも知れぬが、決してうまいと思って食べているわけではない。たしかに終戦前後や病臥時と比較すれば、はるかに上質のうまい食物である。が、それよりも食物が自分の肉体を支えている活力源になっていると思うと、真剣になって野菜サラダを食べざるを得ないのだ。

そうした意識が、かれに一食一食の食事を重視させることになった。

終戦前後は、午食を食べても夕食にありつけるかどうか保証はなかった。食物をとりながら、これが最後の食事となるのではあるまいかという終末感に似た意識に絶えずおそわれた。そのような意識が現在にも跡をひいていて、かれは、眼

の前に出される食物を、生きたいという切ない思いで口に入れる。『一家の主』（毎日新聞社）

うまそうに食べると見えることも、真剣な主人公の意識の動きを錯覚しているにすぎない、としている。

手術中に三人が死亡し、胸郭成形術という手術の一年以上の生存率は四十パーセント。五百何例手術したが、おそらく生きている人は君だけだろうと、のちに執刀医から言われた。

手術を受けて退院したのはそれから二ヶ月後。生き延びたのだ、という思いがこみ上げてくる。

私は、通りすぎる街々をながめながら、生きたという実感に大きな喜びをおぼえた。

その日から、私の眼にうつる世界は一変した。生れついてからながめつづけてきた樹々の葉は、光りかがやく緑として眼にしみ入り、夜空に光る月や星も、透明な発光体としてひどくきらびやかなものに感じられた。それまで眼をおおっていた曇りがきれいに拭《ぬぐ》いとられたように、私の眼に映じるものは冴えざえと澄ん

だ。（略）

小説を書こうと思い立ったのは、そのころであった。依然として体力もなく経済的にも貧しかったので大学は中退せざるを得なかったが、文学はその後も私の生きる力の支えとなった。　『蟹の縦ばい』（中公文庫）

病気をしなければ、小説を書くこともなく終わっただろう。二十一歳の原点を経て、残る人生を思うように生きたい。一日一個のコッペパンがあれば、一生小説を書いていくと決意した。

それだけの体験がなければ、十年余りの同人雑誌の苦節と窮乏生活に耐え、芥川賞候補になること四回。妻が先に受賞し、吉村昭はこれで終わりだね、消えるよ、と評論家に言われる中、最後の望みをかけて、三十九歳で太宰賞に応募という不撓《ふとう》不屈《ふくつ》の精神には至らなかったかもしれない。

この四度の芥川賞候補の中には、二人同時受賞の連絡を受けてから落選になるという、文壇史上前例のない事件が起きている。後年、親交のあった城山三郎が、あれは失礼千万なひどい事件で、もう時効だろうから聞くけど、あのときも怒らなかった？　と当時の心境を尋ねている。その答えは小説に記されている。

圭一は、ふと十三年前、手術を受けたことを思い出していた。死からのがれたい一心で手術を受けたが、それは成功し、十三年間も生きながらえてきた。その間、春子と結婚し、二児の父にもなって、生活に不自由もない。病臥していた以前は、小説を書くことなど念頭になく、旧制高校への入学試験の面接では、大学に進学して哲学を専攻したいと答えたりしていた。それが、病後、小説を書くようになったが、いつの間にか芥川賞の候補に推される身になっている。

これも手術をした賜《たまもの》で、生きているだけで十分感謝すべきであった。結婚直後妻との放浪の旅が、春子とちがって楽しく思えたのも、生きているからこそ未知の地を旅できるのだという実感が強かったからなのだろう。

贅沢なことは望むべきではない、と、かれは車のシートに凭《もた》れながら思った。

『一家の主』（毎日新聞社）

受賞する、しない以前に、生きているだけで有難いという心境だったのだ。妻の芥川賞候補作となった「さい果て」への放浪の旅で、妻は「ここで死んでしまおうか」と言ったが、妻と夫では見ていた景色がまったく違ったのだろうか。

3. 生涯忘れなかった父母の教育

食に関しては、育った家庭環境や両親の影響も大きい。

吉村さんは九男一女のきょうだいの八男で、兄二人は幼児期に死亡。姉も疫痢で亡くなり、兄の一人は戦死。両親も終戦前後に病気で死去し、子供の頃から常に死が身近にあった。

父は、ふとん綿製造業と綿糸紡績業を営む商人であった。大酒飲みで外になじみの女を持つような男であったが、商人としては律儀で、私が十八歳の冬に死亡した父のことがなにかにつけて思い起され、その生き方の影響を自分も受けているのを感じる。

道をへだてて家の前に、ふとん綿製造の工場があって、朝七時になると工場は始業し、機械のモーターの回転するひびきが家につたわってくる。その時刻に兄などが寝ていると、父はふとんを荒々しくはぎ、血相を変えて怒声をあげる。

お前たちが三度の食事を口にでき、学校へ行けるのはだれのおかげだ。早朝に起き、工場へ来て働いてくれている工場の人たちのおかげと思わぬのか。それな

のに寝ていたりして……。　『私の好きな悪い癖』（講談社文庫）

両親は常に使用人に対する感謝を忘れてはならない、と言葉ではなく、生活の上で教えてくれた。工員たちが働いている昼間に、家でレコードやニュース以外のラジオをきくのも許さなかった。

家では正座以外禁止で、学校から帰ると父親の前に行って正座し、手をついて挨拶したというから、しつけは厳しい家庭だったのだろう。吉村さんの中学時代の成績が全甲だったのは前に述べたが、通信簿の栄養が乙で、乙のわけがない、ちゃんとしたものを食べさせているのに、と母親はとても悩んだらしい。

生活にゆとりがあり、三度三度の食事を大切にしていたことがわかる。

家族は、主婦のつくった食物を食べる。おふくろの味という言葉があるが、それを食べて育つ子供の味覚は、その時期に培われる。手づくりの心のこもった母親のつくった食物を口にできる子供は、食物の味のわかる大人になる。『実を申すと』（ちくま文庫）

おふくろの味が存在する家庭で、味覚が養われて育ったようだ。そして母親の教えが、食に限らずその後の人生哲学を決定づける。

少年時代、母にひどく叱られたことがある。母は珍しく顔色を変え、膝に置いた拳をふるわせていた。激しい叱り方であった。

夕食の折、私は副食物の味についてなにか批判的なことを口にした。記憶はあいまいだが、味が濃すぎるとでも言ったらしい。その時、母は黙っていたが、食後、私を奥の部屋へ呼ぶと怒り出したのである。

母は、こんなことを言った。

……料理は私が味見をしているが、今日は暇がなく女中にまかせた。たしかに味つけはいつもとちがうが、批判するなどということは決して許さない。料理は簡単なものと思うかも知れないが、実際は微妙なもので、あれこれと工夫されている。料理を作る者は、むろん食べる人に喜んでもらいたいと思い、食料品店で品選びをし、調理する。そのような労力と時間をかけて作った食物を、一言のもとにまずいと言われては、作った者の立つ瀬がない。まずいと思っても、決してそれを口にせず、作った人に感謝しながら食べなければいけない……と。『蟹の縦ばい』（中公文庫）

母親のこの言葉は強く胸に刻みつけられ、貴重な教訓になった。

食べ物の味には個人差があり、絶対というものがない。だから個人的な嗜好でとやかく言ってはならないということだろう。

味というのは多分に、その人が幼い頃から親しんだ味が基準になっている。一つの例として、ある有名な料理学園の園長が、生まれ故郷の餡の入った丸餅の雑煮がいちばんうまいと言ったことをあげている。味覚の鋭い人であるはずなのに、なぜそんなものがうまいのか。

味覚というのは人それぞれだと改めて思ったようだ。

作った人への感謝を忘れてはならぬ、というのは母親の口癖だった。料理を作る過程を考えたら、思いつきの批判などできないというのだ。まずければ黙っている。うまければおいしいと感嘆するのが、料理を作る人への思いやりだとも言った。

その教えが身にしみて、吉村さんは食卓に出されたものはなんでも食べた。

特に嫌いなものがないのも、母親のしつけによるものだ。母親の教えは自身の子供たちへの教えとなり、吉村さんの長男の妻によれば、結婚して料理の好き嫌いを言われたことは一度もないという。

逆に吉村家で食事をした甥が、味つけについて批判的な言葉を口にしたときは、母親がかつてそうしたように甥を激しく叱りつけている。

「スイトン家族」という随筆がある。

吉村家では、終戦記念日と関東大震災の日にスイトンを食べるしきたりがあった。生家では九月一日の夕食はスイトンと決まっていて、スイトンを食べながら両親から大震災の話を聞いた。それが受け継がれているのだ。

スイトンだけではない。お正月に始まり、節分、ひな祭り、端午の節句と、吉村さんは年中行事を重んじた。

竹に節があるのと同じように、歳月には行事がある。行事は人間が大切に育て、のちの世に伝えていかなければならない性格のようなものだ。親は子に行事のしきたりを教え込む義務がある。

行事としきたり。そしてしばしば登場するのが、世間様というキーワードだ。

吉村さんは東京の日暮里生まれで、下町の家屋密集地帯で生まれ育った人間は、体を小さくして生きていかなければならず、それが習性化して性格にも影響した。

子供の頃、母親が口にする言葉はただ一つ。世間様の御迷惑にならないように……ということだった。

そのために掃除にしても隣家の前まで掃き清め、水を打つ。近くで通夜や葬儀があると、ラジオの音を極度に小さくして、もちろんレコードなどかけたりしない。笑い声をあげたりすると、厳しくたしなめられた。

朝、小学校に通うときには、近所の人に帽子を取って挨拶し、家の中にいる人にも窓越しにおはようございます、と頭をさげる。道を歩くにも端を通るように心がけた。

それが習性になって、東京の郊外に住むようになっても自分から挨拶し、新潟の越後湯沢に購入したマンションのエレベーターで一緒になった人にも、こんにちはと声をかける。

そして驚くことがある。

父親はこの世に生きる人間のつとめとして冠婚葬祭には必ず出向いていった。それを見ていた吉村さんも請われるままに媒酌人をつとめてきたが、五十代後半の頃、妻と記憶をたどってみたら、その数が六十回を超えていたというのだ。

お世話になった世間様への御恩報じという気持ちから、頼まれれば引き受けていた。決して世間様の御迷惑にならないように、と母親が口癖のように言っていたことが、身にしみついていたからだろう。

世間の人はそれ位の数はしていると思っていたというのだから、さらに驚いてしまう。

食の話に戻ろう。独身時代に、吉村さんは居候を経験している。結核の手術後、すでに両親は他界し、四人の兄の家を弟とともに転々と居候してまわっていた。兄たちにはそれぞれ幼い子供がいて、終戦後間もなくの食糧が乏しい時代に、居候に栄養のあるものを与えなければならない。預かる側にすれば厄介な存在で、一定期間が過ぎると他の兄のところにまわされる。大層迷惑なのはわかっていたので、「居候三杯目にはそっと出し」のような遠慮をしていた。

このときの居候的卑屈感は、結婚後も尾を引くことになる。

食卓につくと、私は、無意識に家族と自分の副食物を見くらべる癖がある。自分の前に出された副食物が、果して家族と同質のものかどうか、私の副食物がかれらより少量なのではないかということが気になるのである。

妻は、私のそんな癖をひどくいやがっている。

「あなたはわが家の主ですから、十分優遇してあるはずです」

と、私をたしなめるように言う。

それは十分理解しているのだが、食卓の前にすわると自然に目は食卓の上を走

る。『月夜の記憶』（講談社文芸文庫）

この習癖は居候経験や戦争の記憶、病臥中のことが後を引いている、と分析している。

家庭の食卓とは限らなかった。友人と旅行したとき、山小屋で食事が出た。その際、自身が不当な扱いを受けていることに気づいて落ち着きを失った。

どういうことかというと、主食のご飯と、それぞれの皿にメンチカツ一個とコロッケ一個がのっていたが、吉村さんの皿にはコロッケが二個で、隣の友人はメンチが二個になっていた。

そのことに抗議もできずに憮然とした気分で食事を終え、家に帰って妻に訴えると、「ああ、あなたとは離婚したくなった」と嘆かれた。

自分以外の人の皿にはある、トマトがない、パセリがない……。料理を見比べるのは瞬間的なので、他人には気づかれていないが、妻には見抜かれていた。

一食一食どころではない。トマト一切れ、パセリ一本も見過ごせないのだ。

4. これだけは譲れない飲食哲学

さて、最大の関心事である飲食については、吉村流の哲学がある。美学というのは嫌だったようで、流儀という言葉を使っていた。飲食についてのこだわり、流儀である。

まず分相応ということだ。

常々、人間にはその年齢に応じた生活がある。それ相応の分というものもある、と説いていたので、そこからはずれるのは許し難いことなのだろう。許さぬということは極めて大事だとも述べている。

この分相応の哲学がよく表れているのが、「鮨と少年」という随筆だ。時折行く下町の鮨屋があった。鮨のタネがいいので、当然のことながら値段も安いとはいえない。その店に行ったとき、隣の席に家族連れがいた。小学校三、四年生ぐらいの少年が、なれた手つきで鮨をつまんでいる。

不幸な少年だ、と思った。その手つきから察すると、少年はしばしば両親に連れられて店にきているらしい。いつしか高級な鮨の味にもなれ舌が肥えているの

が、無感動な表情からも知れる。（略）

少年の鮨をつまむ巧みな手つきは、薄気味悪くさえあった。『実を申すと』（ちくま文庫）

子供においしいものを食べさせ、感激した姿を見たいと思うのは親の情であるとしながらも、幼い者には高価で美味なものを食べさせるべきではないというのが、持論だった。

自身の少年時代の経験から、子供たちを高級な料理を出す店には絶対連れて行かなかった。長男が大学を卒業して就職するときに、お祝いをしてやりたいと思い、初めてこの鮨屋に連れて行った。

「今度、この店にこられるのは何年先か。ともかく当分、こんな鮨は口にできないだろうから、思い切って食べろよ」と言うと、長男はタネの見事さと豊富さに驚いて、「これは、すごいや」を連発した。

子供はあくまで子供で、美味なものを早くも口にしてしまった子供は、食べ物をおいしいと感じることの少ない人間として成長する。それは、はなはだ不幸なことと言うべきではないか、と結んでいる。

次に、食通と言われている人たちについて持論を展開している。

私は、こうした食通の人に敬意をいだくが、その反面不幸な人たちではないかと思う。私たちが少しうまいと感じる食物を、食通の人はきわめてまずい物として再び箸をつけることもしないだろう。私たちが大いにうまいと思うものも、かれらは、まあ、まあだと言いながらさまざまな欠点を見出すにちがいない。（同）

そうまで書くのは、食通と言われる人と同席した際に不快なことがあったからだ。その人は出された料理の味つけについて、あれこれと批判した。なるほどそうかもしれないが、幼い頃から、料理についてとやかく口にするのははしたない、と母親にしつけられてきたので、味つけをあしざまに言うその人を、はしたないと思ったのだ。

まずければ黙っている。うまければおいしいと感嘆する。母親の教えは金言だ。それが客としての礼儀でもある。

うまいと言うか、黙っているか。吉村さんの流儀としては、どちらかしかない。

食通と自身のような他愛ない食べ物好きとの見分け方は二つある、という。一つは、美味なものを口にしたとき、自分なら感心し、嬉しくなって笑う。だが食通の人は、ベートーベンのような深刻な顔で、吟味という言葉そのままに、確かめるような鋭い眼をして口を動かすだけで、笑ったりはしない。

二つめは、食通の人は金に糸目をつけないが、吉村さんがうまいというのは、「うまい割には安い」という必須条件があってのことで、値段が高いものは、うまいもまずいも判断の対象にならない。

つまり、金に糸目をつけるというのだ。

これは確固たる信念のようで、繰り返し述べている。二百五十円のラーメンならうまい、まずいの区別もつくが、千円のラーメンは、すでにラーメンの基準からはずれたもので、たとえ味がよくてもうまいとはいえない。

「千円のライスカレー」という随筆がある。

食通と言われる著名な文筆家が激賞していたので、友人が家族を連れて銀座のレストランにライスカレーを食べに行った。うまいことはうまかったが、値段が千円だったと聞いて、食通の文筆家にも店にも腹立たしさを覚えた。

ライスカレーはあくまでライスカレーであって、千円のライスカレーはすでにライスカレーではない。

食物には、一定の値段の限界があり、ライスカレーはせいぜい二百円が限度だ。それが千円もするのでは、うまいもまずいもない。「うまい」という言葉には、「安くて」という気持ちがその基本になければならないはずだ、と憤る。この随筆が書かれたのは昭和四十四年で、ライスカレーは二百円あたりが相場だったのだろう。

別の随筆では、フルコース二万円のフランス料理店に、家族四人で食事に行くのを誇らしげに書いた著名な料理研究家に対し、不快な気分になったと述べている。昭和五十三年の執筆で、二万円のフランス料理はいまなら相当な値段だろう。大の男が二ヶ月かかって稼ぐような金額の料理を、彼女とその家族はわずか一回の食費で費やしてしまう。たとえ人に招待されても、そんな料理は喉を通らない。何万円もするとわかれば、そんなものを口にしたら罰があたる、と考えてしまうのだ。

確かに随筆を読んでいくと、飲んで食べて二千円強の小料理屋以外に行くことはないなど、数千円の範囲の店が多い。

それでは食べ物の味については、どのように書いていたのだろう。

食物の随筆で難しいのは、味についての表現である。うまい、まずいのいずれかしかなく、表現を凝れば、逆に味はけし飛んでしまう。『味を追う旅』（河出文庫）

味については、余計な形容はなく、「うまい」のひと言の場合が多い。それが高じると「呆れるほどのうまさ」になり、最上級となると、「気の遠くなるようなうまさ」という表現がある。

終戦直後、秋田県の横手市に近い村へ、東京から米の買い出しに行った。小さな商人宿に泊まったが、そこで出されたのが白米と味噌漬で、米飯が甘く、それが味噌漬の味と調和して気の遠くなるようなうまさだった。

電光を受けて輝いていた御飯の白さが、今でも眼に焼きついているとも記している。食うや食わずの時代だったからこそ、余計に鮮烈な印象を残したのだろう。

新聞の「味の散歩道」というコラムに、執筆を依頼されたのは五十歳になった頃だろうか。

好きな店を紹介してほしいと言われて、軽い気持ちで、よく足を向けるギョウザを売る店やそば屋のことを書いた。

その新聞が販売されると、「大変よ」と妻の甲高い声が電話口でした。掲載紙を手にした人たちが、ギョウザ店に長い列を作り、店主が汗を流してギョウザを焼いているというのだ。

老夫婦がやっているそば屋のほうも、「大変ですよ」という報告があった。急に客が増えて、老店主は喜ぶどころか、「誰が新聞に書いたか知らないが、こんなに忙しくちゃ迷惑だ」と、腹立たしそうにつぶやいているという。

それで怖くなった。食物を扱う店の紹介文を書くのは、もう懲りた。客にも店にも責任を負っているようで気が重い。

それから四半世紀たって書いたのが、「禁をやぶる」という随筆だ。

昔の苦い経験から、食べ物のことを書いたとしても、決して店名は出さないようにしてきた。以前書いたときの心構えとしては、値の張るものは書かないということだった。

それでも七十半ばに達し、いつまでも生きていられるわけではないので、禁をやぶってうまいものを出す店のことを書いてもいいのではないかと思った。

そうして紹介しているのが、宇和島の「丸水《がんすい》」と長崎の「福壽《ふくじゅ》」だが、これらの店のことは第四章「旅の味」で改めて述べる。

さて、飲食哲学が多々あれば、これだけは我慢できないというこだわりもあるだろう。

まず食のマナーについて、妻にこんな随筆がある。

夫は、人と食事をしていて、突然箸を置いてしまうことがある。例えば、猫のようにピチャピチャ舌をならす人がいる。又、歯の噛み合わせの具合なのか、妙な音がする人がいる。箸の持ち方の不様な人がいる。そうすると、たちまち食欲がなくなってしまうのだ。　津村節子『書斎と茶の間』（毎日新聞社）

かれは神経質で、箸の持ち方が変だったり、食事中に歯や舌を鳴らしたりする人が同じテーブルにいると、食べ物が食べられなくなってしまう、という記述もある。吉村さん自身も同様のことを書いていて、その性質は少年時代からだった。近所に密かに憧れる女の子がいて、家族ぐるみで海水浴に行くことになった。持参の弁当を食べる段になって、女の子の口元から妙な音がする。幼児が裸足で水たまりを歩くような音で、たちまち食欲を失い、憧れは跡形もなく消えた。別の場面でも気になることがある。長崎のホテルで、夫婦のような男女が朝食をとっていた。

私は、男の食事の仕方が気になった。男は絶えず口をせわしなく動かし、食物を口に入れている。なにも気にすることはないではないかと言われるかも知れぬ

が、男の食べ方は、食べているというよりも、くらいついているという感じなのである。（略）
本来、食物は生きるための原動力なのだから、がつがつ食べようと、どんな仕方で食べてもよいはずである。が、そのような食べ方を眼にすると、食べなければ生きてゆけぬという人間の悲しさを見せつけられているようで、やりきれなくなる。
『実を申すと』（ちくま文庫）

なにやら、小うるさいことを言われているように思うかもしれない。だが、世間様の御迷惑にならないように、と家訓のように言われて育った作家にとっては、人様の目を意識するのは当然のことなのだ。

過去の体験が後遺症となって受け入れられないことがある。

その一つが、バーやクラブで、店の女性がフルーツなどをフォークで突き刺し、客に食べさせるサービスだ。スプーンでおかゆを口に入れられた、大病のときの記憶がよみがえるので断乎拒否し続けてきた。

サービスも、ときには有難迷惑になる。鍋料理店で煮えた具を仲居が器にとってくれる場合も、客の好き嫌いなど気にかけてもらえない。鍋料理の楽しみは、思い思いに好きな具を、適度な煮え加減で食べることにある。

やはり自分の箸で自由にものが食べられなかった病臥の頃を思い出すのか、部屋係がつくような高級店は敬遠している。

ホテルのバイキング料理が好きになれないのは、終戦前後の食事に事欠いたいまわしい記憶が身にしみついているからだろう。外食券食堂の前に並んでいた教師の姿が胸に焼きついていて、どうしても皿を手にする気になれない。バイキング料理など食べてたまるかと、つぶやいて不意に涙が出そうになる。

あれほど食べることに苦労したのだから、給仕人にテーブルまで運んでもらい、空腹感や栄養を満たすだけでない料理を、のんびり味わいたい。それぐらいの贅沢は許されるだろう。

不意に涙がこぼれそうなほど、根深いトラウマなのか。毎年浅草の観音様に初詣に行く習慣だったが、どこに行っても並んでいる。めでたい正月の光景なのに、生きるために並んでいた戦争中を思い出す。自宅近くの井の頭公園の弁財天も、初詣客で行列ができるようになってからは行かなくなった。

半世紀たっても、食べなければ生きられない人間の悲しさが、抜けない棘となって突き刺さっているのだろう。読んでいて少々つらくなると思ってページをめくっていると、意外な展開があった。

デパートの地下食料品売り場でたくわんを買った。そのたくわんがうまいことを

知っていたからで、同行の編集者に渡そうと、レジの列に並んだ。すると、それを見ていた編集者が、

「列に並ぶのは似合いませんよ。今後は、あんなことはしないでください」

自分のためにはできないが、人が喜ぶことなら並ぶのも厭わない。照れたような笑顔が浮かんで、ほっと心がなごんだ。

第二章　唯一の楽しみは酒

1．文壇酒徒番附で東の横綱

「酒」という雑誌があった。

昭和三十年に創刊し、佐々木久子が長く編集長を務めた。新年号の名物企画で、文壇酒徒番附があり、東西の名だたる作家の名前が並んだ。

その最後の番附で、吉村さんは東の横綱に輝いている。

酒は毎晩飲んでいた。

千鳥足になったのは、焼酎をコップ十七杯飲んだときだけで、ウイスキー角瓶二本、お銚子二十七本を、それぞれ夜の三、四時間の間に飲んだ。バーを何軒かはしごして、編集者に「それで水割り二十二杯目ですよ」と言われた。……などなど、横綱にふさわしい数々の逸話がある。

あるとき「週刊新潮」が取材に来た。

新宿に行きつけの飲み屋が百軒あると聞いているが、事実かと問われ、地図を前にして七十ほど数えたところで、よくわかりましたと言われた。

随筆を読んでいると、繰り返し書かれていることがある。無趣味な男で、酒を飲むことだけが楽しみという一文だ。

御趣味は？　ときかれるたびに答えに窮する。考えてみても、一般的に趣味と言われるものはなに一つとしてない。

人並みに過去に熱中したものは、むろんあった。寄席通いは十代後半からつづけていたし、映画、演劇に熱中して映画監督になることを夢にえがいたり戯曲の習作も試みた。しかし、それらはいつしか潮の干くように去り、その後、ボクシング、大相撲を観るためジム、国技館へも足しげく通ったが、今ではそのようなことも絶えてない。

ゴルフやマージャンをはじめとした賭けごとに関心はなく、海外旅行などする気もさらさらない。趣味の多い妻は、なにを楽しみに生きているのでしょうね、と珍獣でもながめるように言う。『縁起のいい客』（文春文庫）

毎夜飲む酒が唯一の楽しみと言ってよく……と続く。

しかし趣味と楽しみは違うという。酒を趣味と呼ぶわけにはいかず、ひそかな楽しみに過ぎない。

妻の津村さんは、小説『炎の舞い』を書くために陶芸教室に通い、若い頃から始めたヨガは九十歳を過ぎても続けている。夫婦で地方に行くことがあると、観光に興味のない夫を残して寸刻を惜しむように名所旧跡を見てまわる。

芝居やオペラの招待状が二人に届いても、お前が行けばいいじゃないかと言って興味を示さない夫のことを、亭主は無趣味な男で、道楽と言えば飲む、打つ、買う、のうち、もっぱら飲むだけであると記す。普通酒飲みというのはあまり食べないものだが、亭主の場合は、うまい物を食べながら飲むのが好き、とつけ加えている。

これまで趣味がなかったわけではない。

随筆にあるように、ボクシングは芥川賞候補になった「鉄橋」を書くために、ボクシング関係者に会い、試合を見ているうちに魅力にとりつかれた。

大相撲はある人が持っている東京場所の枡席を一日譲り受けて、親しい人たちと観戦するのを楽しみにしていた。国技館に行かない日は、必ずテレビで観戦した。これこそ死ぬまで魅せられると信じていたが、潮が引くように関心がうすれていった。

その後、興味はマラソンのテレビ観戦に移った。苦しさに耐えながら自己と闘っている姿に人間の生き方そのものを見る思いがした。しかしそれも、女性解説者の「何々ちゃんのお守りは云々」という言葉づかいが気になり、次第に遠のいた。

何事も熱中するが、ある時期が来ると冷めてしまう。

甘えびやアワビに惚れ込んで見境なく食べ、やがて飽きてしまったように、かくして趣味がない男になり果てた。

そうはいいながらも、一風変わった「趣味」がある。凧である。少年時代から凧が好きで、物干場でよく凧をあげていた。雨天と風の強い日以外はあげていたというのだから、よほど熱中していたのだろう。凧きちがいと母親に笑われたほどで、部屋の鴨居には、角凧、六角凧、奴凧、蝉凧、飛行機凧など手に入るかぎりの凧を並べて悦に入っていた。

凧好きは生涯続いたようで、『吉村昭が伝えたかったこと』（文春文庫）にも、コレクションの凧に囲まれて、ご満悦の写真が載っている。

もう一つ、生涯興味を失わなかったものに旅がある。ボクシングや相撲のように夢中になったものではないが、旅先でうまい酒を飲み、うまいものを食べるのは楽しみで、旅が好きな理由はそれが満たされるからだという。

それも趣味とは言い難いとしているが、第四章「旅の味」で改めて述べる。

2.「酒中日記」にみる酒の遍歴

吉村さんが初めて酒を飲んだのは、旧制中学四年のときの盗み酒だった。夜の飲み歩きをするようになったのは二十六、七歳の頃からで、場所は新宿だった。当時は会社勤めをしていた。新宿の厚生年金会館の前の道をへだてたビルの二階の事務所に通っていたので、界隈の安いバーや小料理屋で飲むことが多かった。家で夕食をとったのは日曜も含めて二回だったと、後々まで妻に言われている。


二十代後半から三十一、二歳までは、よく安キャバレーに通った。早く行き過ぎて、女たちが点呼をうけるのを見たこともある。支配人の訓示をがらんとした客席の隅できいていたが、うまいことを言うもんだ、と感心した。支配人は、常連の客は樹木にたとえれば幹だと言った。幹は、時折初顔の客を連れてくる。幹についているのだから、その客は枝だ、と言った。

「貴女たちは、幹だけをちやほやするが、それは逆だ。枝の方こそ大事にしなければいけない。なぜかと言うと、枝はすぐに幹になる。常連の幹はやがて朽ちるから、枝をちやほやして新しい幹に育て上げることを考えなさい」

それでは、おれはすでに朽ちかけた幹か、とわが身を振返る思いだった。

『蟹の縦ばい』(中公文庫)

それが原因でもないが、その頃から急にキャバレー通いの熱が冷めた。

小料理屋からバー、最後の仕上げにキャバレーというコースだったのが、その手前のバーでご帰館となった。

女性が接待するキャバレーに通っていたのは意外だが、養豚業者になりすますなど、お話づくりはお手のものなので、案外ホステスに人気があったかもしれない。

会社勤めの頃は東京の郊外に住んでいた。

仕事が終わると一時間以上電車に揺られて帰宅する。空腹が我慢できないこともあって、行きつけの小料理屋に寄る習慣ができた。

新婚当時は池袋の、当時としては珍しい二間続きのアパートに住んでいた。しかし家賃が払えなくなって、西武線の練馬駅に近い家に間借りし、さらに狛江のアパートに転居する。次第に郊外へ、前より狭い部屋へと移り、妻が「落魄《らくはく》が身に染みた」と書いていた頃だ。

夫婦で交互に芥川賞、直木賞の候補になり、日本の文学史上前例がないとメディアに騒がれた。当時のことは吉村昭著『私の文学漂流』、津村節子著『重い歳月』に詳しい。小説以外の原稿を書いて生活費を得ることもできたが、生活はカタギの仕事をして成り立たせるものという信念から吉村さんは会社勤めを選ぶ。

「仕上りの時期」という随筆がある。

今年の一月は、私にとって珍しい月であった。
それに気づいたのは、月末近くであった。元旦以後、一度も外で酒を飲んだことがないことを知ったからである。だれからも呼び出しがかからなかったことも不思議だったが、それよりもなによりも自分から外に酒を飲みに出掛けることを忘れていたことが薄気味悪くさえあった。
仕上りの時期が来たかな、と私は思った。が、まだ四十九歳であるのに（略）
『蟹の縦ばい』（中公文庫）

飛行機でいえば、航続距離が極度に短くなり、滞空時間も同様になった。これではならじ、元気を出して飲み歩こう、と自身を励ましている。いずれは医師から絶対禁酒を申し渡される日がやってくる。その日が来るまで、悔いなく飲み歩きたい。家に電話をかけて息子を迎えに来させ、「お父さんも弱くなったね」と言われたのもこの頃だ。

講談社の「小説現代」で、「酒中日記」という名物コラムがあった。
昭和四十一年からスタートし、文壇の飲んべえたちが酒にまつわる日々を綴るリレーエッセイだ。吉行淳之介編で本になっていて、『味を追う旅』とあわせて、本に収録されているだけでも吉村さんは三回登場する。

昭和五十三年と、五十九年、六十三年で、昭和二年生まれなので、五十一、五十七、六十一歳のときだ。

どんな店に通っていたのか、行きつけの店をみてみよう。

昭和五十三年は正月のことを書いているので家庭内での酒だ。昭和五十九年は「午前様から更生」という題で、私の酒も、かなり以前に峠を越えている、という書き出しで始まる。

四十半ばまでは、外での酒と言えばはしご酒で、精力的に飲み歩いていた。はしごで歩きまわることが唯一の健康法なのかもしれぬ、と言っていた頃だ。僕は雑事を一切しない、と対談で述べていて、雑事の中に運動が入っているので、唯一のウォーキングだったのかもしれない。

五十代に入ると、そんな元気はなくなって、新宿に足を向けるのも億劫で、自宅から歩いて十分余りの吉祥寺駅界隈で飲むことが多くなる。

登場する店は、鴨料理の「かも屋」。文藝春秋の役員に連れられて行ってから、平均して週に二度は足を向けていた。「かも屋」を出てからはバーだ。

店を出て、近鉄百貨店近くのバー「英国屋」に行く。（略）

古くから通っているバー「かつら」や小料理屋の「磯八」にもよく足を向け、この四店以外はほとんど行かない。（略）

駅まで歩くのさえ億劫な時は、家の露地から出たすぐの所にある「富ずし」で飲む。岩手県出身の店主は方言そのままで話し、これがいい。酒は岩手川、時にはホヤまで出し、郷土愛はかなり強いらしい。少し足をのばして公園の池の橋を渡り、「小松」という店で、天ざるを肴《さかな》に酒を飲むこともある。なぜ、そばと酒が合うのか、いつも不思議に思う。『味を追う旅』（河出文庫）

ある日は、八重洲《やえす》で背広を誂《あつら》えてから、タクシーで新宿に向かい、小料理屋「山下」に行く。新宿ではこの店と、まれに鮨屋の「紫光」に行くぐらいになったが、この日はバー「しろ」「風紋」にも立ち寄る。

またある日は、会社勤めの頃から通っている浅草の「あらまさ」に行く。きりたんぽ、氷頭《ひず》なます、鯵のたたきで、酒はもちろん秋田の新政。締めに稲庭うどんを食べる。

タクシーに乗って「新宿」と言ってはみたが、疲れてそのまま帰宅することになった。

昭和六十三年の「酒中日記」になると、

某月某日　吉祥寺の「磯八」でふぐを肴に酒を飲み、バー「かつら」に立ち寄る。

某月某日　久しぶりに新宿に出る。

昔は百軒近い店を知っていたが、還暦を過ぎて十軒ぐらいになり、そのうちの一軒の「山下」に行く。ついでに「しろ」に寄り、バー「道」にも足をのばす。ここの店主とは、小説で生活できるようになってから間もなくのつき合いで、気持ちよく話しながら飲んで、タクシーで帰宅したのが午前一時。午前様も久しぶりだった。

某月某日　講演で長崎に行き、小料理屋「はくしか」で小いわしの刺身とおでんを堪能し、バー「マドリード」などをまわって飲むとあるが、詳しくは第四章「旅の味」に譲る。

某月某日

いつの間にか家で飲むことが多くなった。外に出掛けるのは週に一度か二度。若い頃は午前様つづきで飲み歩き、なにかいいことがあるような気がして、次の店へと足を向けた。が、それが錯覚であることを長年の間に知るようになり、梯子酒から足を洗った。真人間になり、更生したのである。『味を追う旅』（河出文庫）

新宿の文壇バー「風紋」も近年店じまいをし、吉村さんが通っていた店はほとんどなくなった。

現在、新宿で残っているゆかりの店は、句会を開いていた薬王寺の「中むら」という小料理屋だ。

夫婦で参加していた句会は夫が亡くなる前年まで二十八年間続き、最後の頃の会場は皆が気に入っていたという隠れ家のような「中むら」に落ち着いた。

晩酌は夜机に向かう障害になるので断じてやらない、と書いていたのは作家になって間もない頃で、家で飲むようになってからは、夜六時で仕事を終えていた。楽しみごとは酒しかないので、毎夜飲むことで生活のリズムを維持していた。

「酒中日記」を書いた五十七歳のときには『冷い夏、熱い夏』を刊行し、翌年、毎日芸術賞を受賞。同年には『破獄』が読売文学賞と芸術選奨文部大臣賞を受賞した。相次ぐ受賞に呆然とし、凶事が起らないようにと、井の頭弁財天に賽銭をあげて拝礼している。

六十歳で日本芸術院賞受賞。文壇での地位を揺るぎないものにした時期だ。

「酒中日記」からも読み取れるが、酒を飲む場所として、文壇関係の人と顔を合わせるところは避けていた。主に新宿や上野、浅草に出かけた。

小料理屋や鮨屋をふらっと訪れ、一人でしんみりと飲むのが好きだった。一流料亭より縄ノレンの小料理屋で飲むほうが酒がうまい、金のかからぬ人間なのであると記している。

酒を飲む相手は編集者が多かった。つき合いが悪いわけではないが、文壇関係の知り合いは少なく、友人は文学に関係がありそうでなさそうでといった人がほとんどだった。飲む相手は違っても、飲む酒はいつも同じだった。独自の手順がある。これもしきたりだ。

まず、ビールの小瓶を一本、次に冷酒二合。そして、そば焼酎に同量の氷水を加えたものを二、三杯。仕上げにウイスキーの水割り三、四杯。小瓶が中瓶になったり、冷酒が三合になったりすることもある。まれにワインや紹興酒《しょうこうしゅ》が加わることもあった。

日本酒は燗をすることはなかった。燗酒は酒本来の味が逃げてしまうような気がした。酒によっては冷蔵庫で冷やし、氷を入れることもあった。

酒は酒器によって気分が違ってくる。コップや盃では味気ない。酒を大切に飲みたいと思い、家で飲むときはグラスを選ぶようになった。

あるとき、カンパリソーダ用の細長いグラスを見つけた。手伝いの女性が割っても苦にならないように、いちばん安いものを買った。酒を七分目ぐらいまで注ぎ、ひと口飲んでは、「うまいね、こいつは」と、ほのぼのした気分になる。貴重なものをひと口ずつ味わっているような至福の時間だ。

グラスに三杯ほど飲んで、次の酒に移る。

いわゆるチャンポンだが、この醍醐味はそれぞれの違った酒を味わえることだ。それらの酒の要は、なんといっても日本酒になる。

冷や酒は悪酔いすると言うが、自身にはあてはまらない浮説だという。酒をチャンポンすると悪酔いするというのも同様で、二説とも医学的根拠はないとする。

まずビール一本、次に冷酒と焼酎、最後はウイスキーの水割り。アルコールの度合いのうすいもので胃を整えながら、締めのウイスキーに進む。二日酔いは飲む量が過ぎるから起こるだけのことで、この順序を忠実に守るかぎり二日酔いはしない。なるほど、長年の経験から導き出された独自の手順だ。

酒の要は、なんといっても日本酒だという。その日本酒についてみてみよう。

ある時期まで、吉村さんは日本酒に失望していた。仕方なく飲んでいたような感じで、愛想が尽きて酒のリストから日本酒が除かれ、ワインなどを口にしていた時期もあった。

「うまい地酒との出会い」という随筆がある。

私には、酒の良し悪しをみきわめられるような素質はない。味覚は人によってちがい、体調、環境にも大きく左右される。幼い時から、その家その家の味にならされてもいる。（略）

酒にしても、同じことが言える。酒についての権威者が推賞するものを飲んでみても、果してこれが良い酒なのか、と首をかしげることもある。「文藝別冊吉村昭」（河出書房新社）

そういうことが繰り返されて、他人の説など一切無視して、自分なりに酒から酒へと遍歴するようになった。そうして飲み続けているうちに、うまい、と思わずつぶやく酒に出会うようになる。

それまで料理屋で出される酒は、著名な酒造会社の酒（灘の酒）と決まっていた。ところが以前の清酒とはまったく異なった味のものが次々と現れ始めた。

昭和の終わり頃の、地酒ブームのときだろうか。

うまい酒の出現で、酒しか楽しみのない生活が急に華やいだものになった。花盛りとなった日本酒に、手放しの喜びようである。

地酒との出会いは、二十代に遡る。

二十八歳の冬、青森県八戸市に行き、妙な名をした地酒に気づいた。すでに亡い落語家の円生さんが得意にしていた「百川」という噺の題と同じ発音で、桃川という。それに興味をもって一升瓶を買い求め、東京に持ち帰ったが、初めて酒というものはこんなにうまいものか、感心した。その時から、私の地酒あさりがはじまったと言っていい。(同)

メリヤス製品を抱えて東北で行商の旅をしていた頃だろう。金はほとんど尽きかけていたが、「桃川」の一升瓶を抱いて帰京し、旅から酒を抱えて帰ってくる気分はいいものだ、と書いている。桃川は淡々としていながら得も言われぬ味わいの酒だったようだ。

福井に初めて行ったとき、この地方でも地酒が軽視されているのを知った。夜、季節料理屋に行くと、灘の酒を出された。その酒がどうにも性に合わず、地方へ旅行した折にはその土地でつくられている酒を飲むことに決めているので、二本目は地酒にしてほしいと頼んだ。すると、灘の酒しか置いていませんと言われた。

たとえば福井県などには、一本義という酒がある。加茂栄という甘口の酒もある。この二種類は私の好みに合うが、ほかにも良酒がたくさんあるにちがいない。地酒というものは、その地の土壌にしかはえぬ茸のようなもので、土地の貌でもある。その酒を軽んじ、宣伝で名の売れている灘ものを重んじるのは残念である。旅をして、うまい地酒に出会った時の喜びは格別のものである。（同）

その土壌にしかはえない茸のようなもの、というのは言い得て妙だろう。どこの土地に行っても、当然のように灘の酒を出される風潮に、いささかうんざりしていたようだ。

福井の「一本義」は随筆に最も多く登場する地酒だ。うまかった、と記している。第一名前がいい、とも。福井は水がよく、米どころでもあるので、他にもいい地酒がそろっている。

同じく米どころの新潟産では、「久保田」「八海山」「白瀧」「雪中梅」「〆張鶴」をあげている。仕事場兼休養所として、越後湯沢に購入したマンションの近くの小料理屋でそれらの酒を口にした。自宅近くの吉祥寺の小料理屋で「越後鶴亀」をすすめられたが、これも新潟産で、「景虎」も愛飲していた。

那覇に行ったときは、泡盛を飲んだ。東京の自宅で飲むものとは天と地ほどの味の違いがあった。沖縄という地元で飲むからうまいという結論になった。

地酒がもつ意味はそこにあると思った。

初めて訪れた福岡では、「窓の梅」という小料理屋に入った。店で出している佐賀の酒を店名にしていて、いい酒に出会ったな、と思った。福岡に行くたびにこの酒を飲むようになった。

大分では、「西の関」を堪能した。岐阜の「三千盛」は、永井龍男が推賞したため、文壇内で愛好者が多かった。取り寄せてみると、気品があって飽きることがなかった。

山口県の岩国に行ったときは、旅館で出された「五橋」が美酒で、編集者と一升瓶を一本ずつ買って帰った。広島では、「誠鏡」を買うのを常にしていた。

徳島でも美酒との出会いがあった。愛媛県川之江《かわのえ》の地酒「梅錦」で、かすかな芳香があり、淡々としていて品がある。こんなうまい酒があったのかと感心した。

うまい地酒に出会うと、一升瓶を抱えて帰京していたが、あるときからやめた。年とともに瓶が重く感じるようになったのと、地酒は旅先だけで楽しめばいいと思うようになったからだ。

3. かたく守った酒の二大戒律

五十代になって外で飲み歩くことも少なくなり、横綱は過去のことで、幕内の中位ぐらいが妥当だと思っていた。年を重ねてさらに飲む量は減って、十両ぐらいになった。それでも力士が毎日稽古を欠かさないように酒は毎日飲んでいた。

腸の内視鏡の検査をした際、ついでに超音波で胸部もみてもらった。すべて異常はなく、

「肝臓もきれいですね」

「はい、毎日夜、酒を飲んでおりますので」

「むちゃ飲みをする人は早く死にますが、適度に飲む人は長生きすると言われています」

と医師が答え、元横綱は同志を得たようにうなずいた。

毎日酒を飲む？　酒飲みには休肝日が必要ではないのか？　飲まずにいられないのはアルコール依存症ではないのか？　酒の常識とされていることがいくつかあるが、もちろん酒をたしなむルールは心得ている。

元横綱として言わせてもらえば、酒には戒律が必要で、それをかたく守ることによって酒は無上の楽しみになる。『わたしの流儀』(新潮文庫)

戒律その一は、昼酒の厳禁だ。まっ先にあげたのには理由がある。

酒を愛する者として、多くの酒飲みと接してきたが、その中には昼間から酒に酔っている人もいた。身近かに接するのは出版社の編集者たちだが、かれらの中には社の机の曳出《ひきだ》しにウイスキーの小瓶を入れていて、昼間からチビチビやっていて、そのまま夜の酒につながる。こういう人は、少くとも六十歳まではあの世へ旅立った。

そうした例を数多く見てきた私は、外で人と飲む時は日没後と定め、家で一人で飲む時は、夕食をすませて九時頃から飲む。そのような戒律を自分に課しているので、体調はすこぶるいい。『縁起のいい客』(文春文庫)

体調だけでなく、うまさが増して酒が一層楽しいものになった。

酒が原因で命を縮めるのは、昼間から飲む人であり、ウイスキーなどのアルコール度の高い酒を水などでうすめずに飲む人だという。

旧制中学のクラス会は、以前は夕方から始まったが、あるときから正午からになった。出席者の年齢が七十代半ばになり、幹事が配慮したのだ。少々困ったが、掟は掟だ。ウーロン茶を手に、にこやかに歓談した。

若い頃は、いわゆるむちゃ飲みをして、翌日夕方近くまで寝込み、激しい二日酔いに苦しんだ。しかし年齢を重ねるうちに酒は飲むものではなく楽しむものだということを知って、酒量も程々になり、五十歳を過ぎてからは二日酔いになることは皆無になった。

酒を飲めば快い気分になって、睡眠剤代わりに熟睡する。週に一度は休肝日などという通説もどこ吹く風で、毎晩飲んで就寝するのが健康維持法となった。

昼酒厳禁とあわせて、変更になった戒律がある。もう一度「酒中日記」をみてみよう。酒を飲むルールでこの間に変わったことがある。家で飲む場合、スタートが夜九時からになった。

昭和五十三年の新年までは、夕食のときに米飯は口にせず、副食物を肴に酒を飲み始めた。夕方六時に食事として、夜中の十二時まで六時間近く飲んでいた。それを夕食は家族と同じようにきちんととり、酒を飲み始めるのを九時とした。外で飲むときは夜六時以降、家では九時以降。これを厳守した。

妻の友人が来て、一緒に夕食となり、鍋物なので酒を飲むことになった。その場合でも決して飲まなかった。「犬みたいでしょう。おあずけと自ら命じて、それをあくまで守っているのよ」と妻は笑った。

一度ルールを決めたらとことん守る人なのだ。

城山三郎と、「きみの流儀、ぼくの流儀」で対談したとき、酒の飲み方の流儀になった。「おあずけっ！」っていうと、そのままジッと守っている犬みたいという話になり、「あなたは律儀《りちぎ》なのかね、酒に対して（笑）」と言われている。

そのルールは大原則なのだが、例外はある。

昭和五十三年の「酒中日記」に、正月に丹羽文雄《にわふみお》先生のお宅に御年始に行くとある。

丹羽文雄主宰の「文学者」は、二十数年にわたって丹羽が私費を投じて文学を志す者に発表の場を与えたもので、丹羽部屋とも称された一門からは、吉村昭、津村節子の他に、瀬戸内寂聴《じゃくちょう》や河野多恵子ら多くの作家が巣立っていった。

気持ちが屈することもなく小説を書き続けてこられたのは、「文学者」がこの世に存在していたからであり、先生御夫妻に対して心から感謝していると、吉村さんは述べている。

丹羽文雄は三鷹に住んでいて、年始は毎年のことだったが、前年に丹羽が文化勲章を受章したので、新年会はいつもより賑やかなものになった。陽が高い午後三時半から、料理上手な夫人の手料理を味わい、めでたい美酒に酔うことになった。

それから六年後の、五十七歳のときだった。

激しい疲労を感じて、順天堂大学で血液検査を受けると、「お酒ですね。おやめになってください」と言われた。酒に強い肝臓だと思っていたが、ついに赤信号が出たのだ。

その日から禁酒したが、妻が夕食時に困ったような顔をする。時にはビールをコップ一杯ぐらい飲みたいようだが、夫が禁酒している手前飲むわけにいかない。遠慮するなと言って、冷蔵庫からビールの小瓶を出し、妻のグラスについでも口にしなかった。

禁酒して二十日ほどした頃、妻が、

「あなたって、お医者さんの言うことだけはよく守るのね。意志の強いのに本当に驚いたわ」

と、感に堪えたように言った。意志が強いと言うよりは臆病なのだが、

「強いだろう。それだからこそ、あんたと三十年以上もこうして一緒に暮してき

たのだ」

と、言った。

妻は一瞬絶句し、薄気味悪いほど眼に涙をにじませて笑いつづけた。『私の引出し』(文春文庫)

このときの医師は順天堂大学の肝臓の権威である教授だったが、再検査までに少々経緯がある。

お酒を十日やめてください、そのうえで再検査しましょうと言われたが、一週間して病院から電話があり、「先生はアメリカの学会へ行っちゃいました」と言われた。結局教授が戻ったのは二ヶ月後で、正常値に戻った数値を見て、「本当に禁酒なさってたのですね」と驚かれた。酒飲みに禁酒と言っても、守れない人が多いからだ。

その教授に、少しは摂生したほうがいいと言われ、夜九時から飲んで十二時でやめる習慣になった。

昼間は飲まないと決めた掟だが、危ないと思ったことがあった。

書き下ろしの長編小説を書き上げた翌朝、解放感もあって家で小瓶の黒ビールを飲んだ。なんとも言えずうまく、翌朝も飲み、また次の朝も、となった。一週間後、ビールが飲みたくてたまらなくなっている自分に気づき、間違いなく習慣になると思って、その朝からやめた。

アル中ではない、いつでもやめられると言っていばっていたと、つき合いが長かった編集者も証言している。

日没からでないと飲まない、という戒律は軽んじるものではないかもしれない。文壇酒徒番附で何度も横綱になった立原正秋《たちはらまさあき》は、朝起きるとまずビールを飲んだ。そうしないと目が覚めないと書いている。死因は食道がんだが、五十四歳で死去した。

立原は丹羽文雄の「文学者」に参加し、立原正秋名で初めて小説が載ったのが「文学者」だった。立原、吉村両作家が文壇で地位を築いた後のある夜、新聞社の部長が訪ねて来た。

新聞小説を連載中の立原が突然がんで入院し、この先十日分の原稿しかない。あとを引き受けてもらえないかという相談だった。

吉村さんは、原稿は必ず締切前に渡し、新聞連載は連載が始まる前に書き終えていたという逸話がある。十分な準備をしてからでないと書かないことを信条にしてきたので断るつもりだったが、丹羽文雄から電話があった。

「立原君に心安らかに治療を受けてもらうため引受けてやったらどうか」

そのひと言で執筆を決意した。立原とは、ともに同人雑誌で苦労して小説を書いてきた身で、戦友意識もあった。


酒の戒律の話に戻ろう。

酒席で議論をたたかわせる人がいる。作家と編集者なら文学論もあるだろう。アルコールが入っているので気がたかぶり、激論になることもある。

そういう場面に出会うと、吉村さんはうんざりする。白けた気分になり、早くこの場から逃れて帰宅したいと思う。

出版関係の人と小料理屋に行き、自殺した高名な作家の死についてどう思うか聞かれたことがあった。簡単に答えられることではなく、当惑した。酒の席で迷惑だと思った。


酒の席は、すべてがなごやかでほのぼのとしたものでなければならない、と思っている。旅や食物のことなど、他愛ないことのみを話し、むずかしい話は御免である。席の空気はおだやかで、それによって酒はことのほかうまく、同席する人への親しみも増し、幸せな気分になる。これが酒の大きな魅力である。『縁

起のいい客』（文春文庫）

酒席というものは、少しでも波風を立てるようなことをしてはいけない、というのが私の流儀だとも述べている。

日々の生活も波風が立たないように心がけていた。

妻によれば、夫は必要以上に気をつかう人で、それは周囲に気をつかわなければ生きていけなかった生活慣習が身についているからだという。

それもあってか、ともかく、酒の席は「ほのぼの」なのだ。譲れないような響きがある。なぜ「なごやか」で「ほのぼの」であることにこだわるのか。

酒が執筆の対極にあるからではないだろうか。

文学はつきつめた戦ひです。孤独に徹した仕事です。

机の前で万年筆を少しづつ動かしてゐる時間が僕の時間なのです。……と、結婚前に未来の妻に宛てた手紙に綴っている。

書斎の机の前に坐っているときがもっとも落ち着き、小説の素材が浮ばずに苦しむことがしばしばだが、その苦しさが吉村さんの生き甲斐でもあった。

小説を書くことが、根を詰めるものであればあるほど、それを癒すものが必要になる。仕事が真剣勝負ならば、対極にある酒も真剣なものでなければ釣り合わない。

どちらも妥協できないものなのだ。

そもそも吉村さんにとって、酒とはなんだったのだろう。

一日中机に向かって原稿を書いていると、気分が鬱屈し、気持ちが苛立ってくる。居職の時計修理職人のように、気分転換が必要というのがあっただろう。

毎晩の酒は唯一の楽しみで、城山との対談では、「(ああ、今晩も九時から飲めるんだな)と思って、それだけを生き甲斐に生きてるようなもんです」と語っている。

吉村さんの文章は最初から最後までハイテンションで、この不断に精神の緊張を強いる生き方が、「酒の世界」に導いたのだろうという文芸評論家の指摘がある。

しかしながら、彼は酒の世界でも遊べない性格だったのではないかというのだが、この指摘は果たしてどうだろうか。

ほのぼのを好む酒なので、酔っ払いは天敵になる。

　私は、酒が大好きだが、酔っぱらいはきらいである。酒乱の癖のある人間は、さらに大きらいである。酒飲みには、酒飲みの約束事がある。それは自ら楽しむと同時に、他人に決して迷惑をかけぬということである。『人生の観察』(河出書房新社)

酒は真剣に飲むものである、という一文がある。ここでも約束事が存在する。

酒席でからむ人があるが、私は幸いにもからまれた記憶がほとんどない。陽気になって笑ってばかりいるから、そのような癖のある人も、からむきっかけをつかめないのか、それともからむ価値がないと思っているのかも知れない。

私が甚だ臆病な人間であることも、からまれることのない原因であるのだろう。酒を飲みながらも、相手が悪い酒癖をもっているらしいと気づくと、さりげなく、しかも出来るだけ早目に別れる。長年酒を飲んできたおかげで、相手の口からふともれる短い言葉、眼の光、杯の持ち方などで、いち早くそれを察することができる。

『実を申すと』（ちくま文庫）

からまれそうだと思うと、さりげなく逃れる。さりげなくというのは、不意に話をやめずに、話を続けながらそっと退散するのだそうで、なかなか年季が入っている。酒は天からさずけられたこの上ない恵みなのだから、楽しい気分で飲まなければ罰があたる。

銀座のバーに行かない理由も記している。酒に関しても許せないことが存在する。

行事が歳月のけじめであると同じように、対人関係にもけじめが不可欠である。私が銀座の飲み屋に足を向けないのは、或る時、言語道断な女が棲息していることを知ったからである。

某出版社のパーティーに出た折、接待に出ていた銀座のバーの若い女が、高名な作家を「××ちゃん」と名前にちゃんをつけて呼ぶのを耳にした。その先輩作家は、別に気にもしないようだったが、私は腹を立てた。バーの女だからどうというわけではない。甘えているつもりだろうが、「××ちゃん」などと呼ぶことは、立派な仕事をしている年長者に対して無礼至極ではないか。（略）

坊主憎けりゃ袈裟まで憎いのたとえで、それからは余程のことがなければ銀座のバーには足をふみ入れぬ。『月夜の記憶』（講談社文芸文庫）

そう呼ばれた先輩作家が気にしていないのだからいいではないか、というわけにはいかないのだろう。

けじめは流儀ということになるのだろうか。それが端的に表れているのが、あるバーの経営者から届いた案内状の一件だ。

年に数回程度足を向ける店で、バー以外に京風の小料理屋を開いたのでそちらにも来てほしいという案内だった。

それを受け取って、吉村さんはその店との縁は切れたと思った。店主は二軒の店をかけ持ちで経営することになる。はしご酒をしていた頃なら、応援でもするような気持ちで顔ぐらい出したかもしれない。だが年齢とともに外で飲むことは少なくなり、まれに外で飲んでも、義理がたさはうすれ、ごく限られた店にしか行かなくなった。

飲むということは、私にとって大切なことなのである。一言にしていえば酒は気分転換に不可欠なもので、それだけに飲む場所も、大袈裟な表現だが真剣になってえらぶ。数限りない飲み場所の中からえらんで足を向けるのだから、その店でも真剣になってもらわなければ困る。片手間仕事で応対されてはたまらない。

『その人の想い出』(河出書房新社)

「地球の一点」のように一軒の店を選んで行くのだから、片手間にやっている店になど行く暇はないというのだ。

厳しい流儀のようにも思える。対人関係において、けじめのつけ方の厳しさにたじろいだという、古いつき合いの編集者もいる。飲食のことではないが、こんなこともあった。

吉村さんは文学賞の選考委員を断り続けたが、自身が受賞した太宰賞だけは辞退するわけにはいかなくなった。その選考会の席上で、自身の文学観に添わない表現に出会うと、容赦ない意見を述べた。あるときの選考会で、候補作のある場面の一行だけで、その作品を断固として拒否した。僕は認めない、と言ったきり口をつぐんでしまった。

決して声高になにかを主張する人ではないが、こと小説に関わるときには、一切の妥協や容赦をしなかったという同席者の証言がある。

亡くなったあとの佐高信《さたかまこと》と津村節子さんの対談で、佐高が「とても気難しい人というイメージ」と言うと、「気難しい人でしたからとても疲れます（笑）」と津村さんは応じている。

確かに気難しい一面はあったかもしれないが、他人に対する厳しさは自分に返ってくる。そんなことは無論承知で、自身に対しては数段厳しく、ストイックな人だったのは言うまでもない。

一方で、意外に粗忽な、愛嬌ある一面もあった。

吉行淳之介との対談で、この五十何年かで最高の失敗として打ち明けている出来事がある。

昭和三十年、長男誕生のときだっだ。夜病院に行くと、出産は朝六時頃だと言われた。それまで一杯飲もうと思ってタクシーで新宿に行き、バーに寄った。明け方近くに病院に戻り、出産室に入った。

「しっかりしろよ」と声をかけると、妻が手を伸ばしてきたので、その手をしっかり握った。苦しそうにうめき声をあげる妻を励まし続けたが、ふと右目の下の大きなほくろに気づいた。そのようなほくろは妻にない。

改めて産婦の顔を見て、しまったと思った。妻と思った女は妻ではなかった。その女は声をあげ続け、強い力で手を握って放そうとしない。ようやく振り払って病院をあとにし、翌日子供が生まれたという連絡で病院に行ったところ、看護師が昨日おもしろいことがあった、気が動転した亭主がよその奥さんの手を握っていたという話を妻にしていた。

噂になっていると思い、退院のときまで病院に行かなかった。何年かたって、ようやく妻に打ち明けたところ、「あれ、あなただったの」と呆れたように言われた。

こんなうかつさはこの人には限りなくあって、と「文学者」時代からつき合いのある文芸評論家の大河内昭爾《おおこうちしょうじ》は文庫本の解説に記している。

4. 酔って、都々逸、ソーラン節を熱唱

さて、書斎では神経をはりつめている作家も、酒席では解放感にひたる。私の酒は陽気である、というだけあって、笑ってしまうような数々のエピソードがある。まず、飲み屋などでは一度たりとも小説家だと思われたことはなく、思いがけない職業に間違えられる。

「酒中日記」に登場した吉祥寺の「かつら」でのことだ。

十年ほど通った頃、店主が私の傍らにひざを突き、

「今度店内改装をするのだけれど、手洗いの配管をやってよ。なじみのお客さんに頼む方がいいから……」

と、言った。

私は風貌が小説家らしくないのか、今まで小説家に見られたことは一度もない。刑事、土木業者、工務店主等々。そのようなことになれているので、

「ちょっと、今その方面のことはしていないので……」

と、私はことわった。

「そうなの。それじゃ仕方ない」

店主は、傍らをはなれていった。

呆気《あっけ》にとられていた編集者は、私が配管業者にまちがえられたことに眼に涙をにじませて笑いつづけた。『わたしの流儀』（新潮文庫）

ハイカン（廃刊）という単語を発したのを聞いて、配管業者だと思ったのだろうか。

浅草の「あらまさ」ではこんなことがあった。

随筆集が出版されることになって、表紙裏に酒を飲んでいる写真を載せたいと編集者が言うので、「あらまさ」で撮影することになった。


私は撮影されている間、店主の表情が気になってならなかった。ポカンという表現があるが、店主は呆気にとられたように私をながめている。なぜ、そんな顔をしているのか、私は気がかりであった。

次に店に行った時、事情のすべてがあきらかになった。私はその店に十年ほど通っていたが、店主は私を小説家だとは知らず、私がなぜ写真にとられているのか、理解できなかった、と言った。

「お客さんを、近くの八百屋さんの御主人と長い間思いこんでいましたよ。そっ

くりですもの」（同）

瓜二つの人間がいると知って、吉村さんは急に落ち着かなくなった。

どうやら間違われる業種は決まっていたようだ。

なぜかわからないが、土木や建築関係だと言われることが多かった。建築関係に間違われるのは、仕事をしている男の顔だからで、小説家も一種の職人だからだとしている。

『高熱隧道』の取材のために黒部渓谷に行き、富山市で入ったバーでは、ダム工事関係の仕事をしていると思われ、「社長さん」と呼ばれた。その後同行した新聞社の部長らも口裏を合わせたが、たまたまテレビに出演したのをホステスが見て、「ウソついて、小説を書いている人じゃない」と正体がわかってしまった。

刑事に間違えられたことは何度もある。

刑事コロンボのようなくたびれたダスターコートを着て、人相がよろしくないために、典型的な刑事タイプに見えるらしいと自己分析している。間違われるのを楽しんでいる気配がなきにしもあらずだ。

刑事に間違われるのは若い頃からだった。

新婚間もない頃、夫婦で池袋の裏通りを腕を組んで歩いていた。すると売春防止法以前の当時、路上にいた街娼たちが逃げていった。ネッカチーフをしていた新妻が派手に見えたのか、仲間が警察につかまったと思われたようだ。

本当だろうかと首をかしげるような話もある。

吉村さん自身も思いもかけないことだったようで、何度か随筆に書いているが、高山彦九郎を描いた『彦九郎山河』を新聞に連載する際、九州のある地方都市に取材に行った。あらかじめ市の教育委員会に電話して、当日市役所に赴き、若い男女の職員の案内で市内をまわった。

二人の職員の好意に対するお礼の意味で、市内の小料理屋に行って酒を飲んだ。酔いで体が温くなった頃、男の職員が、

「実は、課長から先生が偽者かも知れないから注意するように、と言われましてね」

と、言った。

課長が言うには、私が書いている歴史小説は新聞に連載されていて、当然、その新聞社の記者が同行し、出版社の編集者がついてきていても不思議ではない。

そのため課長は、あらかじめ市内のビジネスホテルに三室を予約しておいたが、

現れたのは私だけで、しかも小説家らしさは全くなく、それで偽者かも知れない、と思ったという。

私は可笑《おか》しくてならず、二人に、まちがいなく本物だから心配しないように、と笑いながら何度も念を押した。『わたしの流儀』（新潮文庫）

津村さんと大河内昭爾との対談では、九州のある地方都市というのは、大分県日田市だと明かされている。「ニセとわかったら接待する必要はない」と課長に言われたというのだが、課長は本当に疑っていたのだろうか。

代表作『戦艦武蔵』の取材のときは、長崎市内の船具を扱う店に入ると、「間に合ってるよ」と言って手を振られた。アタッシュケースを持っていたので、セールスマンと思われたらしい。

小説を書くために、取材に行くのはいつも一人、というのが吉村さんの流儀だった。

出版社のほうから、協力を惜しみませんから、何事でもおっしゃってくださいと言われるのはいつものことだった。なぜ一人旅をするんですか、担当の若い編集者がつまらないと言ってますよ。どのように調査するのか、若いものにも見せてあげてくださいよ、とも言われた。

そう言われて編集者が同行したこともあるが極めてまれで、その場合でも昼間は一人で調査し、夜になって小料理屋などで合流していた。

艶っぽい、こんな誤解もあった。

長男が生まれて間もない二十代の頃、新宿で通っていた鉄板焼の店があった。クリスマスイブに妻とダンスホールに行ったあと、その店に妻を連れて行った。

津村さんは「私は、往年、タンゴ、ワルツ、ブルースなどでかなり鳴らしたほう」と書いていて、若い頃かなりの踊り手だったようだ。毎日家にこもって育児と小説に追われている反動か、その夜は派手な洋服を着て、ネックレスやイヤリングも身につけていた。

「見そこなったわ」店の女主人が吐き捨てるように言った。

「愛人なんか連れて歩くような人だとは思わなかったって言うのよ」

何度女房だと言っても女主人は信じなかった。日を改めて、おぶい半纏で長男を背負った妻を連れて行くと、ようやく誤解が解けた。

長崎のおでん屋に妻を連れていったときも、同じ誤解があった。

誤解から、からまれそうになったことがある。

小料理屋で担当編集者と飲んでいたときだった。たまたま芥川賞直木賞の選考の時期だったので、候補作品のことが話題になった。

不意に荒々しい声が身近で起った。カウンターで五十年輩の男と三十年輩の男が飲んでいることは知っていた。その五十年輩の男が立ち上がり、私たちに向って眼をいからせている。男は、怒声とも言える声で、こんなことを繰返し言った。芥川賞だ？　お前たちは芥川賞をどういうものか知っているのか。文学を志して苦労の末に候補にえらばれるのだ。その苦しみも知らず、芥川賞がなにかも知らぬくせに、生意気なことを言うな——『実を申すと』（ちくま文庫）

編集者と二人で呆気にとられた。やまない怒声を聞きながら、ひそかに「芥川賞は、少くともあんたよりおれの方が縁は深いんだよ」とつぶやいた。

確かにその賞には縁はない。しかし四度も候補になって受賞に至らなかったというのは、特殊な意味で深い縁があるのではないか。まさかそのような作家に、芥川賞の説法をしているとは思いも寄らなかっただろう。

その芥川賞だが、もし吉村さんが受賞していたら、その後どうなっていただろう。おそらくまったく違う作家になって、私たちが数々の記録文学や歴史小説を読むことはなかったに違いない。

酒場でのエピソードは尽きることがない。

酒を楽しんでいると言いながら、人間観察は習性になっていたのだろうか。編集者と酒場に行ったとき、「あそこの二人は間違いなく不倫です」「上司と部下の関係です」と解説したという証言もある。

初めての朝帰りは、新宿のバーの火事場見物をしたときだった。


以前は、よく「体に悪い」とか「どこで飲んできたのか？」とか野暮な質問をしたりしたものだが、数年前からは、すっかり一人前の女房になったらしく、実にインギンな迎え方をする。「こんなに遅くまで飲んでいて、たまにはヤキモチでも焼けよ」と言ったりするが、「出来るものならやってごらんなさい。あなたのような気むずかしい男の面倒をみる女がいるなら、私は却《かえ》ってせいせいするわ」などと小生意気なことを言う。むろん彼女は、強がりを言っているにきまっている。

『月夜の記憶』（講談社文芸文庫）

夜、妻が二階で仕事をしていると、「おう、そろそろ飲まないか」と声がかかった。

食後のウイスキーも飲む相手がほしかったようで、酒が飲めなくて酒飲みの女房がつとまるかと言っていた。一人で飲むのはつまらなかったんでしょうね、と妻は振り返る。

津村さんもいける口だったのだろうか。

妻の酒について書いたものがある。女房は、酒のたしなみぐらい知ってくれている女の方がいい。私の妻は決して飲むという部類には入らないが、酒好きであることは確かであるとしている。

一度だけ、かなり酔ったことがあり、その折に笑い上戸であることを初めて知った。

酒に関しては、長年の夢があった。

吉村さんの父親は、居間に置いた長火鉢の銅壺《どうこ》の中に銚子を入れ、松茸を焼いたりして飲んでいた。それが実にうまそうで、長火鉢の前に坐って酒を飲みたいと思い続けていた。

あるとき週刊誌で山口瞳の新居の写真を見て、京都で買い求めたという長火鉢に目がとまった。

羨ましく思い、長火鉢を買いたいと妻に言うと、

「私に丸髷でも結わせるつもりですか、後には神棚をまつって、外出する時には燧《ひうち》石《いし》でカチカチッとやるんですか」と笑われ、相手にされていない。

上機嫌になって、ソーラン節をうたったこともある。

友人たちには酒が強いと言われているが、それは外見だけのことで、足をふらつかせたり、乱れたりした姿を見たことがないからだ。飲めばときとして激しく酔うこともある。

私の酔う度合いをしめすのに、恰好の物差しがある。私の酒は陽気だが、度が過ぎると都々逸をうたう。さらに酔いが進むと、ソーラン節を大声でうたう。音痴であるから下手なことは当然だが、言いかえればその二つしか歌を知らないのである。

私は、深酔いの度合いを都々逸級、ソーラン節級と呼んでいるが、めったに都々逸級まで酔ったことはない。妻ですら、結婚以来二十年間、私の歌をきいたのは十回に満たないはずである。『蟹の縦ばい』（中公文庫）

ある夜も、大酔いをした。

杉村さんという編集者が自宅を増改築し、完成した家に招かれた。前述の吉祥寺の「かも屋」を紹介した編集者だろう。

腕のいい大工が佐渡おけさをうたい、吉村さんが合いの手を入れたところ、こんなうまい合いの手は初めてだとほめられた。嬉しさでにわかに神経が乱れ、酔いが一気にまわった。

「切角うまかったのに、その後がいけなかったわね」と、翌朝の食卓で妻が言った。

「都々逸をうたったけど、だれも感心なんかしてくれていなかったわ」

「都々逸をうたった？」

私は、ぎくりとした。

「あら、おぼえていないんですか？　それじゃ、その後にソーラン節をうたったことも？」

妻の言葉に、私は絶句した。（略）

私は、前夜杉村氏の家で飲んだ酒が、都々逸級を通り越したソーラン節級だったことに気づいた。と同時に、私のひどい歌がテープに吹きこまれたことに狼狽した。（同）

お耳ざわりでしょうから、なにとぞお消しくださいますように、と最大級の慇懃《いんぎん》な口調で頼んだが、「消したりなんかしません、保存しときますよ。本当に面白い歌だ」と笑われた。

お宝級のそのテープは、いまも、どこかにあるのだろうか。ソーラン節の熱唱を、ぜひともきいてみたいものだ。

第三章　下町の味

1. 日暮里―郷愁のカレーそばとアイスクリーム

気分がなごむ土地がある。いらいらしたり、気持が沈鬱になったりした時に、たちどころに気持を晴れさせてくれる土地が、東京にある。

……私がよく散策する下町の一角である。『蟹の縦ばい』（中公文庫）

東京の山手線に日暮里という駅がある。上野から二つ目の駅で、その町で、私は生れ、育った。

駅の東側は平坦な地で、私が生れた家はほぼその中央にあり、中学三年生になってからは、駅に近い善性寺の横に建てた家に移った。生れた家の住所は、日暮里町谷中本と言った。そのあたりは、大正初め頃までは一面の畠で、清らかな水が随所に湧いていたので生姜が栽培されていた。きわめて良質の生姜で、谷中生姜と称された。その品種は、今でも「谷中《やなか》」という生姜の名として残されている。『昭和歳時記』（文藝春秋）

作家になってから、吉村さんは生まれ育った日暮里をしばしば訪れた。井の頭公園そばの自宅から電車で一時間余りの小旅行だった。

日暮里を扱った随筆はいくつかある。書かれた頃とは町の様子も変わっているだろうが、まずは記述に従って散策してみよう。

文中に日暮里駅とあるが、田端と日暮里の間に西日暮里駅ができた。昭和四十六年のことで、吉村少年が住んでいた頃にはなかった駅だ。

西日暮里駅で下車すると、改札口は一つで、道路をはさんだ左手に開成高校が見える。旧制開成中学で、吉村少年は自宅から歩いて通っていた。線路沿いの急な坂をのぼって行くと公園があり、この道は通学路だった。

坂をのぼり切ると、左手に諏方《すわ》神社がある。日暮里の町の氏神様で、地元の人からはお諏方さまと呼ばれ、親しまれていた。

作家となった後の、ある年の正月のことだった。

二日は浅草寺に初詣に行き、三日の朝、目覚めてふと諏方神社に詣でることを思い立った。

前日の浅草観音の混雑とは異なり、ほとんど人の姿はなかった。

少年時代は夏祭りが楽しみで、神輿《みこし》や山車《だし》が町を縫い、神社の参道には露店が並んだ。ろくろ首の見世物小屋もあって、綿菓子やミカン飴、氷水などを商う店に、子供たちは群がった。

幼い頃の宝石箱のような記憶があるからだろうか。成人してから、祭りの神輿に出会うと、足早に引き返すようになった。掛け声や神輿の担ぎ方が昔と違うのだ。古くからのしきたりを守ってこそ祭りであり、郷愁を損なうような光景には耐えられなかった。

高台にある諏方神社の境内からの眺めは、江戸八景の一つとされていたが、いまは高層の建物だけが目に映る。

諏方神社の鳥居を出て、久保田万太郎や高村光太郎らがかつて住んでいた仕舞屋《しもたや》や寺が並ぶ諏訪台通りを歩く。

角を左折すると、道の両側に「谷中せんべい」と佃煮の「中野屋」がある。ともに大正年間創業で、吉村さんの少年時代からあった店だ。

いずれも老舗として味をかたく守っている、という記述がある。

まず、谷中せんべいの店に向かう。昔ながらの丸いガラスの容器に入ったせんべいが並んでいる。堅焼、えび、ピーナッツ、唐辛子など種類も豊富で、好みのものを一枚ずつ買える。

「この近くに日暮《ひぐらし》という和菓子屋はありませんか？」

「ああ、うちの向かいにあったんですよ。いまは駐車場になっています」

と、店の人が前方を指さした。

昭和五十八年から「オール讀物」（文藝春秋）で「東京の下町」という連載が始まり、最終回で生まれ育った町を改めて歩いている。その際、日暮里駅寄りに、和菓子を扱う「日暮」という店の記述があったが、見つからなかったので聞いてみたのだ。大正四年創業のその店の場所には、田村俊子が住んでいた家があったらしい。

「谷中せんべい」の斜め前に、佃煮の「中野屋」がある。古いグリーンのひさしに「つくだ煮」とあり、うなぎ大和煮が名物の店だ。あさりや葉唐辛子が定番の人気で、他にまぐろの角煮やえびなどが大皿に盛られ、百グラムから購入できる。

そのような家並の中に、戦前にもあった食物を商う店があるのを眼にすると、気持が落着かなくなる。戦前は味がよいとされていた店が、そのままの味を持続しているかどうか。それは無理な話だ、と思う反面、もしかしたら頑なに味を守りつづけているかも知れない、と考えたりする。買ってみて幻滅を感じるよりは、そっと記憶の中にとどめておいた方がよい、と素通りしたい思いが交錯するのである。　『私の引出し』（文春文庫）

そんな店が、一つあった。日暮里駅の谷中墓地方向の改札口を出て二、三分歩いた所に佃煮屋がある。私が物心ついた頃眼にしたままの店のたたずまいである。

思い切って二千円なにがしかの折詰めされた佃煮を買って帰り、食べてみた私は、買ってよかった、と思った。それは、戦前の佃煮の味そのままで、私の好みに合う。店は家族だけでやっているという感じで、家族が総がかりで作り、売っていることが、味そのものにしみついている。浅蜊と小はぜの佃煮を御飯にのせ、茶を注いで食べた。佃煮にコクがあるので、思わずうまい、とつぶやいた。(同)

デパートで販売している老舗の佃煮は、そつなくできているが、ひと味足りない気がする。この店の佃煮は家族が作っている感じがするとして、よほど気になったのか電話で確認している。

「佃煮は、ここで作っているんですか?」と改めて店の人に聞いてみると、

「ええ、裏で煮てます」

「吉村昭さんが来られたお店ですよね?」

「奥さんの津村さんと、いらっしゃいましたよ。私が若いときにね」

九十歳を過ぎても店に立つ、二代目の女将が歯切れよく答える。三代目とともに店を守り、元気の秘訣は訪れる客との会話だという。

あさりを買って、茶漬けにしてみた。あさりの身が大きく、生姜がきいていて、嚙むほどにあさりの旨味が口の中に広がる。するめいかをやわらかく炊き上げたいかあられは、お茶請けにも酒の肴にもなる。

日暮里駅の跨線橋《こせんきょう》を渡ると、ふる里である日暮里の町のひろがりが見えた……と、諏方神社に詣でた折の随筆にあるが、駅の東側はタワーマンションが何棟か建っていて、昔日そのままの長い石段というのも見当たらない。

駅の東側に出て、駅前の道を右方向に行くと、老舗の「羽二重《はぶたえ》団子」がある。そこが本店で、支店は駅のそばだ。

寺の前には、羽二重団子という老舗がノレンを垂らしている。少年時代、私は母に命じられてしばしば醬油焼きとつぶし餡《あん》の二種類の団子を買いにやらされた。主人夫婦は健在で、若主人夫婦も店にいる。変転きわまりない時代なのに、団子の味は私が少年時代に味わったものと変らず、その店で団子を食べていると、生家の記憶が自然によみがえってくる。姉、祖母、四兄、母、父と相ついで世を去った肉親のことが思い出され、自分が生きていることを不思議にも思ったりする。

『白い遠景』（講談社文庫）

「羽二重団子」は、夏目漱石の『吾輩は猫である』にも登場し、正岡子規の俳句にも詠まれている。羽二重団子の名前の由来通り、羽二重のようなきめの細かさが特徴で、こしあんで包んだ餡だんごと、生醤油のつけ焼きの焼き団子のセットで売っている。

味は昔と変わりありませんと店の人が教えてくれた。

店の前には善性寺という寺があり、終戦の三年前、その付近に父親が隠居所を建てた。中学生だった吉村少年ら家族は生家からそこに移り住む。

寺のそばにホテルラングウッドがある。駅から徒歩一分の立地で、日暮里を散策した際、レストランでサンドイッチとコーヒーの軽食をとったりした。

故郷で初めて講演したのもこのホテルだった。移り住んだ隠居所のあった位置を、あれこれ調べた結果、ホテルが建っている地の一角だということがわかった。

平成十八年に亡くなったとき、お別れ会が開かれたのもこのホテルだった。

日暮里駅で下車したときの随筆がある。

東口の駅前広場に出ると、馬にまたがった武者姿の太田道灌の銅像がある。その広場を過ぎて広い車道を横切り、あやめ通りを進む。車も人の姿もない、不思議なほどひっそりした道となっているが、いまはそれほど静かでもない。

鮨屋の角を右折し、露地を入ったところに日暮里図書館がある。

図書館の前が幼稚園で、その隣が生家のあった場所だ。そこに建つマンションに次兄一家が住んでいた。

あるとき、その次兄から電話があった。マンションの窓から図書館を見下ろすと、吉村昭の著書を並べたコーナーが見えるというのだ。一度、お礼の御挨拶に行くべきだと言われて、恐る恐る訪ねたことがあった。

図書館の二階には吉村昭ギャラリーがあり、著作や写真、略年譜が展示されている。

私の唯一の記念室である、と記していたが、没後に荒川二丁目のゆいの森あらかわ内に吉村昭記念文学館ができた。

図書館の近くには母校の第四日暮里小学校があるが、いまはひぐらし小学校と名を改めている。

吉村家は長兄で十代目になり、七代目までは静岡県の三保の松原に近い村に住んでいた。二代目が建てた小さな寺が村にあり、一族が世襲で住職になった。

毎年一月に兄弟とその家族で静岡の菩提寺に墓参りに行き、温泉地に一泊するのが習わしだった。「吉村会」というもので、ある年は親戚や兄の孫も加わって、総勢四十一名のバスツアーで出かけたこともあった。

八代目の祖父が東京に出て来たが、商売に失敗して静岡に戻り、父親が十九歳で日暮里に居を構えた。江戸人は三代続いた家のものというが、礼儀正しく、律儀でものやわらかで、人に迷惑をかけないことを信条につつましく暮らしている東京人を見て、東京もなかなかいいところだと思ったりした。

静岡に行くと、菩提寺があることで、郷里に帰って来たという感じがした。静岡に帰るときに寺の住職の老母がネギや筍をくれたりした。静岡と日暮里に郷里があることになるが、日暮里は日暮里で、静岡とは違った郷愁があるという。

日暮里は文士や画家が好んで住んだ静かな住宅街と、町工場や長屋が続く二つの雰囲気を持っていた。父親が両方の地域に一軒ずつ家を持ったため、二つの生活を経験することができた。

戦争で焼け残った高台の谷中墓地に入り、幼い頃に眼に親しんだ墓石がつらなるのを見ると気持ちが安らいだ。トンボ採りのモチ竿をかついだ少年の頃の自分が、ひょっこり姿をあらわすような錯覚にとらわれることもあった。

日暮里がある荒川区で、明治以後、区内で生まれて小説家になったのは吉村さん一人だけらしい。それにもかかわらず、誰も目もくれず、言葉もかけてもらえず、東京人には故郷がないと、繰り言を述べている。

煙草屋の年老いた女主人に、「本を書いているんだってね。ペンネームは？」と聞かれ、「本名でやっているんですけど……」と答えると、「そうお。頑張るんだね。今になんとかなるよ」と励まされ、頑張らなければと思ったとか、その類のことはしばしば記している。

特有の自虐が混じってのことではないだろうか。

路上で小学校時代の同級生に会い、名刺を差し出されたことがあった。礼儀として自分の名刺も渡すと、同級生はけげんな顔をした。名刺には氏名と住所、電話番号が印刷されているだけで、肩書や社名はない。

同級生は名刺をひっくり返して裏を見たが、むろん空白だ。

「なにをしているんだい？」

どう答えればいいのか、困惑して黙っていると、おそらく無職で悪いことを聞いてしまったと思ったのか、それじゃ、と言って同級生は去って行った。

何度名刺を裏返されたか、何度取材先でペンネームは？　と聞かれたかと述べているが、小説愛好家以外は著名な流行作家の名前も知らない人が多いというのも事実であろう。

日暮里での夫はかくの如きだが、同じ小説家である妻の場合は状況がかなり違った。

津村さんは福井市生まれ。福井県は文学県と言われ、高見順や中野重治、水上《みずかみ》勉《つとむ》といった小説家の出身地だ。津村さんに対しても、郷里出身の作家として多くの人があたたかく遇する。

三年ほど前、家内と福井県に旅した時、それを眼のあたりに見た。しかも、小説家として私は家内と対等のつもりであったが、家内が主で、私が全くの従であることも知らされた。

まず、迎えの人に案内されて旅館にゆくと、旅館の前に歓迎××様などとその日投宿する客の名札が並んでいる中に「津村節子様御一行」という札があるのを見て、おれは従者に近いものらしい、と気づいた。『実を申すと』（ちくま文庫）

妻の後ろから廊下を進み、部屋の前に立つと、入口にも津村様という木札がかけられていた。

翌日は名所旧跡巡りだった。夫は地方で食物や酒を口にすることが楽しみで、その土地の人の生活の匂いをかぐこと以外に関心がない。一方、名所旧跡を見て歩くのが趣味の妻は、案内の人の説明に熱心に耳を傾けている。

しかも妻は、先祖は飛脚ではないかと疑うほど歩くのが速い。

自然に妻が先に立って歩き、案内の人はもっぱら妻に説明する。夫は後からついて行き、説明を聞くために首を前に差し伸べるような恰好になる。エリザベス女王の配偶者の、エジンバラ公の気持ちがよくわかる気がしたという。

翌朝、地元紙の新聞記者がインタビュー記事をとりにきた。むろん家内に、である。

さまざまな質問に家内は答え、それも終って記者がカメラをかまえた。

「すみませんが、レンズに入ってしまいますので横にどいてくれませんか」

記者が、私に言った。

私は、四つん這いになって廊下に身を避けた。（同）

福井県の公的機関で色紙展が企画され、夫妻に色紙を書いてほしいという依頼があった。吉村さんは人前に字をさらすのが恥ずかしく、色紙は書かないことにしているが、妻の面目もあると考えて引き受けた。できあがったパンフレットが送られてきて、色紙が掲載されていた。

吉村さんの名前の下には、作家津村節子氏夫君という説明があった。

さらに、こんなこともあった。

一人で福井市へ行った時、或る婦人が単行本を差し出し、

「御署名をいただきたいのですが……」

と、言った。

色紙は書かなくとも自著には喜んで署名をすることにしているが、その折にはすぐに筆をとる気になれなかった。その単行本は、私のものではなく家内の著書なのである。

私がためらっている理由に気づいた婦人は、

「よろしいんです。御主人の字で奥様の名を書いて下されば……」

と、にこやかな表情をして言った。

たとえ家内であろうと小説家としては他人であり、私が他の小説家の書いたものに署名するわけにはゆかない。

私は、思案の末、津村節子と書き、その左に「内」と書いて手渡した。『街のはなし』（文春文庫）

さて、下町に話を戻そう。

戦前の下町は町そのものが独立した生活圏で、日暮里の小さな町にも洋画専門館

を合わせて五つの映画館と芝居小屋があった。吉村少年は映画が大好きで、映画監督を夢見たこともあった。

少年時代は釣りも好きで、初夏になると池で食用蛙を釣った。蛙の皮をむいて脚の部分だけにして、フライパンに油をひいて焼く。鶏のササミのようでうまかった。町にはそば屋を始め、天ぷら屋、支那料理屋、うなぎ屋など、和・洋・中さまざまな飲食店が至る所にあり、カフェやミルクホールなども方々にあった。

特別だったのは正月だ。

父親の工場が一年で最も忙しかったのは師走に入ってから大晦日《おおみそか》までだった。工場での製品の売上代金の回収は年末で、営業係の事務員が自転車で集金に走りまわる。大晦日が近づくにつれて忙しさを増し、大晦日の夜の十二時頃にいったん帰って来て、大鍋に用意してあったお汁粉を食べてまた出ていく。

子供たちは床屋に行き、年越しそばを食べた。元日の朝は疲れ果ててみんな寝ている。戦前の小学校は元日に式があり、紅白の落雁をもらった。

昼ぐらいに家に帰ると女中らがようやく起き出し、初湯や雑煮の支度をする。雑煮は鶏肉などでだしをとった醬油味で、焼いた角餅に大根とにんじん、里いもに三つ葉を添えた。

暮れの餅つきは母親が総指揮官で、つきたての餅に黄粉《きなこ》や餡をつけて食べた。

元日の午後は引っ切りなしに人が挨拶に来て、座敷には酒樽が置いてあった。二日は初荷と年始まわりで華やかな忙しさだった。

正月気分を満喫しようと、吉村少年は町の中を歩きまわった。

九男一女の八男で、母親は一人娘を溺愛し、愛くるしい顔をした頭の回転が速い弟を可愛がった。その間にはさまれた卑屈な思いがこの頃に芽生え、六十半ばになっても頑なな性格を持て余しているという記述がある。

父親が会社を経営していたので、恵まれた生活のはずが、食事は案外質素だった。朝は米飯と味噌汁、漬物だけで、それに納豆がつく程度だった。ときどき生卵が出て、弟と半分ずつ分けて食べて満足していた。

昼食は近くの肉屋のコロッケ。夕食はすき焼き、鳥鍋、蛤鍋などもあったが、夏になれば、じゃがいもやきゅうり、グリーンピースをマヨネーズであえた野菜サラダ。それがご馳走だった。

ライスカレーはもちろんご馳走で、鶏卵やバターは高価な貴重品だった。

戦前の日本の食生活は、戦後と比べてはるかに貧しく、粗食は美徳だという考え方が根強く残っていた。

学校に持って行く弁当も、梅干が中央にある日の丸弁当に、たくわんが二、三切れついた程度で、醬油をつけたのりを米飯の間にはさんだのり弁当も副食物がないことが多かった。

谷中生姜については、生家のあたりが生姜の産地だったと父親が言うのを何度も聞いた。

小料理屋などでは、甘酢の入ったガラス容器に生姜がひたされているが、少年時代には先端に味噌をつけて食べていた。結婚当初、妻は珍しがったが、いつの間にか味噌のほうがいいと言うようになった。

戦時下でつつましく暮らした一家の記憶は食物と結びついている。

夏になると、氷の入ったガラス容器に、丸ごと茹でた茄子を冷やしたものが食卓に並んだ。茄子を箸で縦に裂き、生姜醬油につけて食べる。茄子と生姜醬油が不思議と合った。

四番目の兄の大好物だった。

昭和十四年の夏、両親と弟と一緒に静岡に行った。四番目の兄が静岡連隊に入営し、その日のうちに戦地に赴くことになっていた。兵舎の裏手に行き、母親は袂にしのばせてきた底の深い弁当箱を取り出した。食物を持ち込むのは厳禁だったが、母親はなんとしてでも兄に好物を食べさせたかった。

うまいよ、うまいよ、と嬉しそうに言う兄を、母親は弁当箱を手にして見つめていた。

それから二年後の夏、兄の戦死の公報が家にもたらされた。決死隊に志願したため、二階級特進の旨も書き添えられていた。

その頃、母は子宮癌で入院加療中で、兄の死を狂ったように悲しみ嘆いた。父が激しく嗚咽して泣くのを見たのは、その時が初めてであった。

母は、二年半後に死亡した。病臥した母が、兄に茄子を食べさせたことを涙ぐみながら何度も語るのをきいた。『その人の想い出』(河出書房新社)

戦後になって、何度か兄のことを思い出して生姜醬油の茄子を食べてみた。いつからか、つらい記憶がよみがえるのを避ける気持ちが強くなり、口にすることはなくなった。

そして、すいとんである。

関東大震災の日の夕食はすいとんで、大震災があった日を忘れないようにと、一家そろってすいとんを食べた。

大家族なので、大きな鍋ですいとんを作った。終戦前後は具も粗末だったが、吉村少年はすいとんが好きで、その夜が来るのを楽しみにしていた。毎食すいとんでも飽きることはないほどだった。

小説『一家の主』を新聞に連載した際、終戦記念日に一家そろってすいとんを食べると書いた。すると、それを取材させてほしいと新聞社の記者が来た。依頼に応えて、割烹着をつけて台所に入り、すいとんを作った。

私が料理（?）できるのはすいとんだけである、と断っている。

作り方も記している。具は玉ねぎと油揚げ、豚肉、栗かぼちゃ。鍋に入れて煮えかけたところで味噌を入れ、水で練った小麦粉を箸でちぎって落とす。煮え立ってきたら火を止める。

ところがこの取材撮影については舞台裏があった。野菜を切って汁の味付けをして、準備をしたのは私で、あの人がしたのは溶いた粉を団子状にして鍋に落としただけ、と妻がインタビューで明かしている。

過去をふりかえってみると、少年時代には、うまいものが限りなくあった。

その一つに蜜パンがある。食パンを対角線に切った、つまり三角形のパンに串をさし、両面に刷毛で黒い蜜をたっぷり塗ってある。歯をあてると、パンから蜜がじわっとにじみ出て、蜜の塗られたパンが、パン以外の物であるような気さえした。その他、美味なものはさまざまにあった。氷あずき、ソース煎餅、きび団子、どんどん焼き、支那そば等々。

圧巻だったのは、中学校二年生の冬に食べたカレーそばだった。現在のカレー南ばんで、おそらく、その頃に出現したのだろう。

先輩の大学生に連れられてそば屋に入り、すすめられて生れてはじめて食べた。

「うまいだろう?」

先輩の言葉に、私は、ただハイ、ハイと言うだけであった。

このように美味なものが、この世にあったのか、と思った。ライスカレーは好きだったが、カレーとそばがこれほどなじむとは想像もしていなかった。その後、私は、そば屋へ行くと必ずカレーそばを食べた。大人にはなんでもないものが、少年の私には、この上ない美味なものに思えたのである。『実を申すと』(ちくま文庫)

寒い冬の夜のことで、カレーそばは驚くよりも呆れるほどの味だった。

別の随筆でも、いままで食べたものでいちばんうまかった食物は? と問われたら、ためらうことなくあのときに口にしたカレーそばだと書いている。

もともとライスカレーは大好物で、じゃがいもやにんじん、肉、玉ねぎを大鍋でぐつぐつ煮て、湯でとかしたカレー粉を鍋に入れるのを、台所で胸をときめかせながらながめていた。

カレーもそばも、どちらも好物だったが、その取り合わせが意外であり、また絶妙にも思えた。

戦後になって同じものを食したが、その後は一度も食べていない。中学二年生の冬に大感激した味の記憶を大切にしまっておきたいのだ。

文中にある蜜パンは、大正時代から駄菓子屋で売られていて、当時の子供たちが好んで食べたものらしい。

立ち食い食堂は、小学生のときに初めて兄に連れて行ってもらった。鮨の立ち食いは、なんてうまいもんだろうと思った。それから一人でこっそり食堂に行き、支那そばや鮨の立ち食いを口にするようになった。

飲食店だけでなく、物売りが多かったのも下町の特徴だろう。

物売りは季節の象徴で、夏は金魚や風鈴、虫売り。氷屋ではスイという無色の砂糖を煮た液がかけられたのが一銭、小豆が入ったものが三銭だった。冬にはどんどん焼き屋やシューマイ屋、夜になると「鍋焼きうどーん」の声とともに屋台がやって来た。

屋台のおでん屋も毎日来た。一銭を渡すと、長い布袋が差し出される。袋には殻付きの銀杏が入っていて、赤い銀杏があたりで二銭分のおでんがもらえる。四角い銅の鍋の中には、がんもどきやつみれ、三角に切ったこんにゃく、昆布、焼き豆腐、ちくわぶなどが入っていて、ちくわぶは吉村少年の大好物だった。

冬場には焼きいも屋も現れた。夏の間はかき氷を売る店が、秋が深まる頃から十三里という赤い幟を店先に掲げる。九里（栗）四里（より）うまいいもで、十三里というわけだ。新聞紙に包まれた焼きいもは熱いいもの皮が香ばしく、それをほおばりながら家に帰った。

小学校の三、四年の頃に、突然大学いもが現れた。焼きいもしか知らなかった町の人たちの間で大評判になり、店の前にはいつも人が群がっていた。

「風のうまさ」という随筆がある。

おでんもシューマイも、家の中で食べるといっこうにうまくない。なぜだろうと考え、子供心にようやく、屋台車の傍らで食べるおでんやシューマイがうまいのは、風のせいだと気づいた。

風の風味をとらえた少年の感性には恐れ入る。

そうした少年時代の記憶があるからか、季節料理屋でも座敷に通されるよりカウンターを好んだ。出入り口の戸が開くたびに外が見える場所のほうが、料理がうまいような気がするというのだ。

日暮里という町で生まれ育ったことは幸いだったとしているが、その故郷は戦火で焼かれ、肉親も失った。

いつの頃からか、夜、布団に入って眠りにつくまでの間、郷里の町並みを記憶の中でたどるようになった。夜明け近くに眼をさまし、布団に身を横たえながら、幼い頃の情景を思い返すこともあった。

「リヤカー」という随筆がある。

終戦の年の秋、父親ががんを発症し、根津にある日本医科大学の附属病院に入院することになった。車も燃料もない時代だったので、長いリヤカーに布団を敷き、寝間着姿の父親を仰向けに横たえた。

父は青い空を光る眼で見上げていた。五十三歳の父は空を見ながらなにを考えていたのだろう、と振り返る。

その年の暮れに父親は息を引き取った。再び布団を敷いたリヤカーに父の遺体を横たえ、火葬場に運んだ。

そして、「最後の晩餐《ばんさん》」と題する随筆がある。

死が間近に迫ったとき、この世の名残に最後に食べたいものは？　と問われて、アイスクリームとしている。

少年時代、夏になると、焼きいも屋がかき氷屋になり、アイスクリームも売っていて、最中の皮のような丸い容器に入っていた。

それがうまくて歩きながら食べた。

静岡にある菩提寺に列車で行く際に、母親に買ってもらうアイスクリームも楽しみだった。経木でつくられた平たい小さな箱に入っていて、箱の上にはヒマラヤらしい青と白二色の雪山を描いた紙がかけられていた。

成人してからもアイスクリームはよく口にし、喫茶店でコーヒーを飲むときに、しばしばアイスクリームを注文して、店の人に少々いぶかしがられた。

最後の闘病のときも、夫婦で外食のときは必ずアイスクリームを注文していたので、よほどの好物だったのだろう。

死の直前には、むろん食欲は失われ、固型物を口にはできないはずである。アイスクリームなら、咽喉《のど》に流しこめるはずである。ごく上等のアイスクリームを買ってきてもらい、それをスプーンですくって口に入れてもらう。

恐らく私は、少年時代、焼き芋屋で買ったアイスクリームを思い、列車の車窓に眼をむけながらアイスクリームをすくった折のことを思い起すだろう。そんな

思い出にひたりながら死を迎えるのも悪くはない。『わたしの流儀』（新潮文庫）

実際はどうであったのだろう。

亡くなる三、四年前から、朝起きると、今日はどこも痛くなくて幸せだなあ、と言うようになった。幸せと言うようになったのはその頃からで、仕事も充実していたからでしょうと妻は振り返る。

「不幸せと思ったことない？」と聞くと、「ない」という返事だった。

亡くなったのは、平成十八年七月三十一日。同月十八日の日記に「死はこんなにあっさり訪れてくるものなのか。急速に死が近づいてくるのがよくわかる。ありがたいことだ」と記している。

二十四日に退院し、開け放った窓から樹林を吹き抜けてくる風が入り、ひぐらしの鳴き声が聞こえる自宅の環境に満足そうだった。

三十日の朝に「ビール」と言い、吸吞みで一口飲むと、「ああ、うまい」と言った。しばらくして「コーヒー」と言った。どちらも好物だったが、医師から控えるように言われたものだった。

それから沈黙し、自分の中にこもってしまったような時間が過ぎていった。

夜になって、吉村さんはいきなり点滴の管のつなぎ目をはずした。

妻には聞こえなかったが、もう死ぬと、と言ったらしい。死を見定めていたような沈黙の時間になにを考えていたのだろう。光る眼で青い空を見上げていた父親の姿が重なる。

いまも毎朝、妻は夫の遺影に、「最後の晩餐」となったコーヒーをデミタスカップで供えている。

2. 上野―洋食の決め手はウスターソース

大晦日《おおみそか》を迎える度に、心に浮かぶ光景がある。

削《そ》げた頰、何日も櫛《くし》を入れぬ髪、服地も仕立てもよいので、かえってみじめに見える着くたびれたコートの衿《えり》を立てて、骨ばった指で割り箸を割る男。

伸び切ったパーマネントウエーブ、化粧気のないそばかすの浮いた顔、流行のラグラン袖の黒いコートの肩をすぼめて丼《どんぶり》を抱え込む女。

上野駅の地下食堂の汚れたテーブルに向き合った若い二人は、それでも大晦日には年越しそばを食べるものと心得ていて、運ばれて来た湯気の立つ丼を前に頰をゆるませる――。

昭和二十九年、秋口から東京を出て東北、北海道を商売しながら流浪し、よう

やく上野駅に帰りついた夫と私の姿である。　津村節子『みだれ籠』（読売新聞社）

メリヤス製品を売るために夫婦で「さい果て」を旅してまわり、上野駅にたどり着いたときの情景だ。

結婚の翌年のことで、勤めを辞めて夫が自分一人で始めるという仕事は、世間知らずの妻にも危なそうに思えた。それなのに夫の言葉に賛意を示したのは、理解ある妻と思われたいという見栄からであったという。

妻の身内からは、そんな男とは、すぐに別れなさいと言われたが、妻は「あの人は、ひょっとしたらひょっとするから」と言った。夫が書いた「死体」という小説を読んで、必ず小説で名を成す人だと思った。だから、いま別れたら損だと。

これほど売れるとは思わなかったと、「P＋Dマガジン」のインタビューで語っている。

女の人生はカンと決断かしら、とも。

妻のこの直感は、同人雑誌を読んでいても働いた。この人は伸びる、と思った書き手は、予想通りになった。名伯楽ということだが、芸能人に対しても先見の明があったのは少々驚きだ。

「三船さんからの二枚のはがき」という随筆がある。

昭和二十三年、映画雑誌で一枚の新人俳優のスチール写真を見て、きっとユニークな俳優として注目されるだろうという予感がした。ファンレターなど書いたこともなく、返事が来るとも思わなかったが、思い切って投函すると新人俳優から返事が来た。

その後「酔ひどれ天使」という映画のファーストシーンを見ただけで、胸が異様にざわつき、やがて彼はスターになるだろうと直感し、再び映画の感想を書き送ると、すぐに礼状が届いた。

まさか世界のミフネになろうとは――、と結ばれている。

さて上野は、吉村さんにとって「切っても切れない」場所だ。

上野駅の年越しそば以前に、少年時代から慣れ親しんだ盛り場だった。作家になってからも、時折日暮里駅で下車し、谷中墓地をぬけて上野広小路まで散策した。昼食をとったり、夕刻になれば酒を飲むこともあった。随筆に従って上野の町を歩いてみよう。

ゆかりの場所として、まず「上野精養軒」があげられる。

昭和二十八年、ここで結婚式と披露宴をとり行った。改築前の古い建物で落ち着いた風情があったという。

現在の上野本店のグリルではフランス料理、カフェレストランではハヤシライスやビーフシチューなどアラカルトの洋食が味わえる。

二人の結婚については、夫の兄が妻の家に挨拶に行く際、「先方は、本当にいいと言ってくれているのか、恥をかくのはいやだぜ」と案じた。大学中退で勤め先が定まらないだけでなく、結核で骨を五本も切除している男との結婚など、もし私に両親がいたら猛反対しただろうと妻も記している。

結婚式の写真を貸してほしいと頼まれた女性誌の編集者に、「津村さんは、再婚だったのですね」と声をひそめて言われたエピソードもある。

津村さんは写真に写っている痩身の青年と結婚し、なにかの理由で離別したのち、吉村さんと再婚したと思われたようだ。かなりの変貌を遂げているかもしれないが、写真の男は、まぎれもなく二十六歳の吉村さんだった。

作家としては徹底した取材で知られるが、自身のことについては結婚した日も記憶になかった。金婚式を迎えるにあたって、「上野精養軒」に電話してみたが、記録は残っておりませんと言われた。

先勝の日だったことを思い出し、十一月五日であったと判明した。

小学生の頃に、母親に連れられて御徒町《おかちまち》の駅で降り、松坂屋百貨店に買い物に来た。

その帰りに「酒悦」で福神漬けの小さな樽と、「永藤パン」で卵パンや甘食と称された菓子を買った。疫痢が流行っていて、安心できる菓子を買うために必ず「永藤パン」に立ち寄った。

上野池之端にある老舗の「酒悦」は健在だが、「永藤パン」はもうない。いまでも懐かしがる人がいるほど、永藤の卵パンは当時の子供に人気だったようだ。

鶯谷駅近くにも、情のこまやかな店がある。上野寄りの改札口を出て線路上に架けられた陸橋の坂を下ると、博進堂という書店がある。その角を曲って一〇〇メートル近く行くと三叉路の角に「手児奈せんべい」という小さな店がある。この店のせんべいはうまいし、一枚十円という安さだ。殊に面白いのは、「こわれ」と称する一包み百円のせんべいだ。規定の重さより少々軽いせんべいや、割れたせんべいが入っているが、二十枚ほどの分量が入っている袋もある。世智辛い世の中に、商人道ここにありという感じがして、思わず頰がゆるむ。割れたせんべいは醬油がしみてうまいと、土地の人は「こわれ」を好んで買ってゆく。

『蟹の縦ばい』（中公文庫）

博進堂という書店はもうないが、「手児奈《てこな》せんべい」は仕舞屋が軒をつらねる先にある。二階の物干竿には洗濯物が揺れているという、いかにも下町らしい店だ。

二代目にあたる八十代の女将は、吉村さんが立ち寄ったのを覚えていた。

好みだったという「亀の子」は、醬油がしみた香ばしい味だ。「こわれ」はいつもあるものではなく、割れなどが生じたときに出たらしい。せんべいの選び方に始まり、ともに店を守って来た夫や子供のことなど、いつの間にか身の上話にうなずいているのも、この界隈らしい情緒があるからだろう。

手児奈というのは万葉集に詠まれた伝説の女性で、手児奈をまつった寺から屋号をもらったらしい。

「手児奈せんべい」の右脇の道を進むと根岸の柳通りに出る。そこには鮨屋の「高《たか》勢《せ》」とフランス料理の「香味屋《かみや》」が向い合っている、と記されている。

「高勢」の鮨の味は絶品で、銀座の鮨屋よりは安い。美味この上ないちらしと評され、多くの著名人が訪れた伝説の名店は、残念ながら暖簾《のれん》をおろした。

第一章で紹介した随筆「鮨と少年」の舞台は、この鮨屋ではないかと思われる。

大正十四年創業の「香味屋」は、老舗の洋食屋として知られる店で、気品があって、いかにも下町の高級洋食屋という佇まいだ。その味から考えればきわめて安い、としている。

「香味屋」については、あとで詳しく述べる。

散策の終わりに、この界隈で食事をする店は他にもあった。そばを食べるときは古くからある「蓮玉庵《れんぎょくあん》」だ。最寄り駅は御徒町になり、歴史を感じさせる木造の店構えで、森鷗外や樋口一葉の作品にも登場し、斎藤茂吉も短歌に詠んでいる。

名高いこの店のそばは評判通りのうまさだったようだ。

上野三丁目の「蓬莱屋《ほうらいや》」でとんかつを食べることもあった。大正初年の創業で、白い暖簾がかかった木造二階建ての建物だ。映画監督の小津安二郎が愛した店としても知られ、ロースはなく二度揚げするやわらかなヒレカツのみが食せる。

黄昏時になると、「岩手屋」という小料理屋に立ち寄った。陸前高田の地酒の酔仙が飲め、岩手産のホヤなどの珍味も味わえる。湯島駅近くに本店と支店がある。

さらに湯島方向に道を進むと、左側に「酒亭シンスケ」がある。店主が私の卒業した中学校の後輩だから推薦するわけではないが、良心的そのものの店で、酒よし、肴よしである。東大の先生などがよく来ていて、いつも客がつめかけている。酒のみにとっては、まことにありがたい店だ。近くに、浅草の牛鍋屋の姉妹店である「江知勝」があるが、この店主も私の中学校の同窓生である。『味を

追う旅』（河出文庫）

「シンスケ」は大正十三年の創業だ。もともと江戸時代に創業の酒屋だったが、関東大震災で倒壊した。復興を助けてくれたのが、酒問屋の鈴木新助さんだった。ご恩を忘れないように名前を屋号にしたが、漢字の名前そのままを看板にして雨ざらしにしては失礼にあたると、音だけいただいてカタカナ表記にしたらしい。

酒よし、肴よし、とあるように通好みの名酒場として知られる。

明治四年の創業で、風情ある日本家屋の座敷ですき焼きが味わえた「江知勝《えちかつ》」は、近年閉店となった。

人に教えられた店として、千駄木の「せとうち」という小料理屋をあげている。亡くなった店主が機関車マニアで、この店は知る人ぞ知る鉄道居酒屋としていまも健在だ。店内は鉄道グッズで埋め尽くされている。

日本のどこかを走っていた列車の灯を眺めながら、酒を飲んでいると、家から遠く離れて旅をしている気分になったようだ。

上野物語はこれで終わりではない。

上野との「切っても切れない」縁は、吉村さんが芸術院会員となり、上野の芸術院に二ヶ月に一度出向くようになって集大成を迎える。

津村さんが芸術院賞を受賞したときは、文芸部長の三浦朱門が不在で、部長代行の夫が電話で連絡した。この受賞に夫は自分のとき以上に喜び、夫婦で芸術院会員となった。

昭和二十九年の上野駅の年越しそばから幾星霜を経て、夫婦の歴史として感慨深いものがある。

平成十六年から、夫は上野の寛永寺の門主を主人公にした『彰義隊《しょうぎたい》』を新聞に連載した。自身が育った下町界隈が舞台で、それが最後の新聞連載小説となった。


さて幼い頃、胸をときめかせて食べたのが洋食だった。

兄などに連れられてそば屋や鮨屋に入ったが、殊に嬉しかったのは洋食屋だった。ボーイなどがいるわけではないが、料理場には、白い衣にコック帽をかぶったコックがいて、料理をはこんでくる若い女も白い洋風のエプロンをつけている。食卓の布も白く、洋食屋に入ると、なにもかも白いことが印象的であった。

料理の主力は、カツレツではなかったろうか。添えられたキャベツに、赤カブを薄く切ったようなものがのせられていた。ジャガ芋のサラダが必ずついていて、グリーンピースが彩りになっている。胡瓜も、今とはちがって夏しかサラダに入っていず、新鮮な歯ごたえがあってうまかった。私が大好きだったのは、ハヤシライスだった。こんなうまい物がなぜこの世にあるのだろうか、と思いながら少しずつ食べた。洋食屋は、なにからなにまで瀟洒で、清潔な感じがした。『味を追う旅』（河出文庫）

そしてこだわりのソースである。ソースを抜きにして洋食は語れない。

むろん、ソースは洋食につきものだった。今とはちがってソースをつくる作業場も多かったようだが、その中で最も高級品とされていたのは、現在でも市場に出廻っているブルドッグ印のソースだった。ブルドッグなど見たこともない私は、ソース瓶のレッテルに描かれた絵でブルドッグとはこんな形をした犬なのか、と思った。ソースを買いにやらされる時、母は、

「ブルドッグソースだよ」

と、必ず念を押した。

ソースは、ハイカラで、だれがこのような美味の調味料を発明したのだろう、と思った。母に連れられてデパートの食堂に行くと、お子様ランチを注文する。

食堂の女の人が、白い紙のエプロンをつけてくれる。トマトケチャップを入れていためた御飯が、富士山の形に置かれ、頂上に三角旗が突き立てられている。その旗を倒さぬように、少しずつ御飯をすくってゆく。下の部分には、小さなカツレツや野菜サラダにかけられたソースが流れてきていて、ソースとともに口に入れる御飯のうまさは今でも忘れられない。（同）

吉村少年は、ソースをかけて作られたものは、なんでも好きだった。焼きそばはもちろん、当時の焼き飯はソースをかけて炒めていた。醬油の代わりにソースを刷毛でぬって焼いたせんべいまであった。

ブルドックソースは、いまも犬の顔のイラストがシンボルマークになっている。ソースが日本の家庭になじんできた大正末期に、外来犬のブルドッグがペットとして流行しており、同じように可愛がってもらいたいという願いから商品名にしたようだ。

戦後、レストランはとりすました高級なものというイメージが作り出されたが、気取ったレストランは性に合わない。少年時代、心を躍らせて白いテーブルクロスの食卓の前に坐って、とんかつやハヤシライスを食べた洋食屋の名残がある店が好みに合った。

根岸にある「香味屋」、銀座の「みかわや」は、まさにそのような洋食屋らしいレストランだった。

両店とも料理が際立ってうまいだけではない。ウスターソースが用意されていることが共通していた。とんかつやフライにはウスターソースがつきもののはずだが、置いてないレストランが多い。とんかつにレモンや塩をかけて食べたところで、うまいはずがないと言うのだ。

「香味屋」は下町に行ったときや、国技館に相撲を見に行ったときに立ち寄った。年に三、四度しか行けないので、食べたい料理は他にもあるが、味が忘れられずにいつもビーフシチューとコロッケを注文していた。

平日の昼下がりに予約を入れ、店を訪れると、店内は満席だった。

テーブルクロスはもちろん、壁も白で、「なにもかも白い」印象だ。ビーフシチューやタンシチュー、コンソメやオニオングラタンスープなど、歴代シェフが受け継ぎ守り続ける料理がメニューに並ぶ。

人気の定番のメンチカツを注文すると、カリッと揚がったサクサクの衣で、ナイフを入れると肉汁があふれ出した。通常はデミグラスソースだが、辛子を添えたウスターソースでも味わえる。

「吉村昭さんが、いつも注文されたコロッケというのは?」と店の人に聞いてみた。

「カニコロッケです。牛タンのコロッケは、最近のメニューで」

それにウスターソースをかけて食していたようだ。ウスターソースはさらっとした口あたりで、ラベルのないビンで出される。

「香味屋」のある柳通りは、道の両側に柳が植えられ、下町らしい風情がある。

銀座の「みかわや」は、正統の味を守る銀座屈指の老舗洋食店で、仔牛カツレットやハヤシライスなど、創業当時のレシピのままでいまも作られている。ご飯ものを注文した客には、漬物を添え、食事の終わりには緑茶を出すという洋食屋のスタイルを守っている。

吉村さんは妻と銀座に出て食事となると、「みかわや」に向かった。スープを始め、なにを食べても裏切られることはない。従業員のしつけもしっかりしていて気分がいい。

洋食は下町なら「香味屋」、銀座方面なら「みかわや」と決めていた。

どちらも少年時代に、洋食を食べるのが楽しくてならなかった、洋食屋らしい洋食屋だからだ。

3. 浅草―そばと天ぷらで一人静かに酒を飲む

書き出しの一行がきまらぬ時は、酒をのみに夜の街に出る。それも顔見知りの人に出会わぬ浅草、上野、鶯谷あたりの一杯飲屋にもぐりこむ。書き出しの文章を考えるわけでは決してなく、ただ一人ぼんやりと杯を重ねるのである。

時には、親しい編集者や友人と酒をのむこともある。小説書きはだれにも頼ることのできない宿命にあるし、相談などすることもないが、酒を飲みながら交す会話でなんとなく心がなごむのだ。『蟹の縦ばい』（中公文庫）

浅草は小説家にも編集者にも会わないところだと、池波正太郎との対談で語っている。

あとがきで、実像と等身大のものと解していただいて結構です、と述べている小説でも同じような記述がある。

そんなことを繰返していたが、突然のように欝々とした気分に落ちこむ。それは、周波のように定期的に襲ってきて、口をきくこともいやになった。騒ぐ子供に激しい怒声を浴びせかけて叱りつけることもあれば、乏しい金を手に飲みに出掛けることもあった。

そうした夜は、下町に足を向け、縄のれんをくぐって一人で酒を飲む。険しい表情をしているのか、店の者もほとんど声をかけてこない。地中に、じっと身をうずくまらせているような気分でもあったし、樹皮の湿った匂いのする深い森の中で、ただ一人坐っているような気分でもあった。『一家の主』(毎日新聞社)

原稿が進まないときは、洗剤で柱などを手当たり次第磨き始める癖があった。インターフォンのカバーや電気スタンドを拭き、ドアや門の蝶番《ちょうつがい》に油をさしたりする。手伝いの女性は恐縮していたが、小説を書き出す前の癖だとわかると、ここが汚れていますと指示するようになった。

最初の一行が決まるまでは万年筆を持たない。一行が書けたら半分できたようなものだ。

そうやって小説を書いてきた。眼に映ったもの、耳にしたこと、書籍等の活字で知ったことに一瞬触発されて小説の素材をつかむ。それは絶えず小説のことを考えているからで、獲物を探しまわる飢えた野獣に似ているのだろう、という。

そんな折の気分転換に酒があるのだろう。しかしながら行った先の小料理屋で、店主と女性従業員の関係が気になり、落ち着かなくなって、考えるのに疲れて通うのをやめてしまったこともある。

小説を書く人間の哀れな性であり、因果な仕事とも言える。

浅草通いは旧制中学の頃から始まった。

日暮里の家から三、四十分かけて歩き、根岸を抜けて入谷の鬼子母神前を通り、浅草に到着する。学校帰りに一時預かりにカバンや制服の上下を預けることもあった。

浅草に行くのは映画を見て、軽喜劇の劇場に入るためだった。

当時は盛り場というと上野か浅草だった。上野は寄席の鈴本に行き、浅草では映画や演劇を見た。銀座は芝居好きの母親に連れられて歌舞伎や新派を見に行ったが、渋谷や新宿、池袋に足を向けることはなかった。父親や兄と上野や浅草に行くときは円タクを使った。

浅草へ行くと、必ずと言っていいほど牛鍋屋に入った。米久、松木、ちんや、今半などの、現在もある店が繁昌していた。店に入ると、履物をぬぎ、下足札をもらって二階へあがる。広い部屋が屏風で仕切られ、それぞれ客が鍋をかこむ形式になっている。牛肉、具の内容も今と変りはないが、現在のように高価ではなく、庶民の食べ物であった。

お好み焼屋に入ったのも、浅草が初めてであった。『味を追う旅』(河出文庫)

お好み焼屋では、もんじゃ焼きやどんどん焼きを食べた。天ぷら屋や鳥鍋屋にも入り、雷おこしや人形焼、南京豆やせんべいを土産に買って帰った。

中学生になって一人で浅草に行くようになってからは、帰りに入谷のかき氷屋に立ち寄った。茹でたてのえんどう豆を売っている店があって、塩味がほどよくきいて大好物だった。

社会人となってからは、小説と生活に追われたこともあり、浅草通いから遠のいた。

作家生活に入って、多少時間にもゆとりができて、再び浅草通いが始まった。浅草寺を参拝して、木馬館で安来節や浪花《なにわ》節、落語などをきき、帰途につくのが常だった。戦前からの店も残っていて、故郷に来たような懐かしさがあった。

結婚して間もない頃、妻を浅草に誘った。

福井生まれで東京の目白育ちの妻は、「こわい」と言った。説明するより実地を見せたほうが手っ取り早いと考え、大晦日の夜、浅草の演劇場に妻と入ると、

「ここに来ている客は、借金取りが家に来ているので帰るに帰れずにいる人ばかりだ」

などと言って、漫才師が笑わせた。妻は夫が恥ずかしくなるくらい笑い続けた。それ以来妻は浅草のファンとなった。

ある年の正月には、大学生の長男と高校生の長女、大学を出た姪二人を誘って浅草に初詣に出かけた。浅草観音を参拝し、露店でべっこう飴を買い、木馬館に入った。

鳥料理屋に行き、鳥鍋を注文した。

「東京にこんな魅力のある町があるとは知らなかった」

初めて訪れた子供たちは、すっかり浅草好きになった。

訪れる人をあたたかく迎えてくれて、うまくて安い店が至る所にある。裏路を歩くと、小さな和菓子屋や佃煮屋があったりして、あてなく歩いているだけでも楽しい。一つの個性に満ちた町のようで、小旅行した気分になる。

浅草好きの父親としては嬉しい限りだった。

東京の食物をそれほどうまいと思わぬ私も、浅草に行って食事をすると、ひどくうまく感じる。それは、浅草という町の雰囲気が食物になにかの味をつけ加え

ているからにちがいない。『蟹の縦ばい』(中公文庫)

さて、浅草に行くのは酒を飲むためだった。浅草には行きつけの店が何軒かあった。

そばを食べながらのときは、雷門通りにある「尾張屋」に寄った。コシのあるそばで、天ぷらがうまい。「尾張屋」は雷門通りに本店と支店がある。雷門そばの「並木藪蕎麦」にも通った。

「駒形どぜう」や「どぜう飯田屋」で、どぜうを肴に飲むこともあった。

どぜう屋では、丸と開きの二種類の鍋がある。丸はどぜうをそのままの状態で、開きは開いて骨を抜いたものだ。丸のどぜうは気味が悪いという人がいるようだが、少年時代、町の魚屋ではどぜうを売っていた。生家でもどぜうを食べていたので抵抗はなかった。

深川に行きたかったが、待ち合わせ場所から遠いので、浅草の「駒形どぜう」に行った日のことだ。

どぜう鍋に、刻みネギをのせ、七味唐がらしをふりかける。すぐに煮えてきて、私は、丸専門に食べ、Sさんは、初めは開きを口にしていたが、やがて丸にも箸をのばしはじめた。

私は、なんとなく幸せな気分になった。うまい物を肴に、うまい酒を飲んでいると、いつもそうした気持になる。丸を二人前追加し、お銚子も二本お替りする。ますます幸せないい気分になった。『蟹の縦ばい』（中公文庫）

「お姐さん」と客が店の人を呼ぶ声がした。風鈴がチリンと鳴ったような涼やかな感じがして、いい呼び方だと思った。

すき焼きの「ちんや」の店主は、旧制中学の後輩で人を案内することもあった。父親に連れられて行った牛鍋の店では、牛肉を買って家ですき焼きにしたりした。肉の質は最高級で、しかも割安だ。

吉村さんにとって、牛肉といえばすき焼きで、生まれて初めてビフテキを食べたのは昭和二十七、八年頃だった。人に誘われて行った銀座の「スエヒロ」で、これほど分厚くやわらかい肉を一人で食べてよいものかと思ったようだ。

浅草にはうまいもの屋が数多くあるのだろうが、実はほとんど知らないという。なぜなら必ずと言っていいほど行く店が決まっていたからだ。西浅草にあった秋田料理の「あらまさ」だ。

三十代半ばで会社勤めをしていた頃、偶然入った店だった。

それ以来、常連となって通いつめた。

カウンターに坐り、酒はもちろん秋田の地酒の新政を注文する。きりたんぽやトンブリ、ハタハタ、ホヤ、締めは稲庭うどん。くつろげる気さくな店で、勘定も良心的だった。

店主が長い間、吉村さんのことを八百屋の主人だと思い込んでいた店だ。

故郷への旅に出たような安らぎがあったが、平成の終わり近くに惜しまれながら暖簾をおろした。

あらまさがあった場所から北東方向に歩いた浅草五丁目に、原稿用紙を扱う「満《ま》寿屋《すや》」がある。

丹羽文雄の依頼から始まった満寿屋の原稿用紙は、いつしか「文学賞がとれる原稿用紙」という神話を生み、会社のウェブサイトには愛用した名だたる作家の名前が並んでいる。

吉村夫妻は、結婚当初は生活に困窮して質屋通いをするほどで、原稿用紙も安いコクヨのものを使っていた。しかし「文学者」に作品を発表するようになってからは、師にあやかりたいと、無理をしてでも満寿屋の原稿用紙を使うようになった。

下町をめぐる小さな旅は、日暮里から上野は徒歩、上野から浅草は地下鉄を使った。

戦前の地下鉄はこの銀座線だけで、夏はひんやりとして冬は暖かいハイカラな電車で、懐かしい思いがしたようだ。

移動は電車かタクシーを使った。ハイヤーを自分から呼んだことは一度もなかった。世間の人に対して後ろめたいような気がするからであり、分不相応だとも思うからだ。

これも吉村流のけじめであり、流儀であろう。

さて、上野が洋食なら、浅草はそばである。

吉村さんは無類のそば好きで、そばの食べ方にもしきたりがあるというほどだった。

池波正太郎との対談でも、並木のそばは本当のそば屋みたいな感じで、いいですねと述べている。

そば好きなのは、子供の頃からそばを食べなれてきたからでもある。

少年時代、町には至る所にそば屋があった。店の構造はその後も変わりはなく、いいそば屋にはこもかぶりの酒樽が置かれていた。引越しをしたら、隣り近所にそばを配って挨拶する。家の棟あげを始めとする祝い事や弔事もそばがふるまわれた。店屋物と言えばそばが多く、外食のときにはそば屋に入った。うまいそばを食べるために、わざわざ遠くまで出かけることはなく、父親や兄に連れられて根岸の「鉄舟庵」というそば屋に行ったぐらいだった。幕末の剣客・山岡鉄舟とかかわりがあり、そのような店名にしたようだが、下町の人に親しまれた老舗のそば屋はすでにない。

上質のそばと天ぷらを出すそば屋で、一人静かに酒を飲むのが至福の時だった。

私の好みだが、そば屋で酒を飲む時は、天ぷらそばを注文する。お銚子が先に出てくる。それを傾け、杯で四、五杯飲んだところに、天ぷらそばが運ばれてくる。

熱いつゆにひたされた天ぷらを少し食べて杯をかたむけ、そばも二筋か三筋口にはこぶ。つゆを飲むこともする。そして、酒。

天ぬきのある店では、それを肴に酒を飲む。言うまでもなく、天ぷらそばのそばがぬいてあるから天ぬきで、熱いつゆの中に天ぷらが浮んでいる。それを少しずつ口にしながら酒を飲んでいると、心から幸せな気分になる。『味を追う旅』（河出文庫）

よく通った「尾張屋」で酒を注文すると、お通しにそば味噌が出る。天ぷらそばのえびはカリッと揚げられ、ゴマ油の香りが漂う。三つ葉と柚子が上にのり、白ネギが添えられている。器からはみ出す大きな二匹のえびが名物だ。「尾張屋」の屋号は尾が張っていることに由来するらしい。

そばは無類の好物なので、うどんに対しては偏見があった。東京の下町生まれの感覚からすれば、そばは大人が口にするもので、うどんは女性や子供、病人が食べるものという認識だった。うどんというのは病人食で、子供が消化不良などを起こすと、味がよいことで知られる「千長」から素うどんをとり、母親が土鍋で煮てくれた。

うどんは大人が口にするまともな食物とは考えていなかった。

それが覆されたのが、講演で香川県観音寺《かんおんじ》市を訪れたときだった。昼食にうどん屋に案内され、なぜうどんなのか腑に落ちなかったが、出された天ぷらうどんを食して、なんといううまさだと感嘆した。それまで知っていたうどんとはまったく別種のもので、東京のうどんはまずいと言われるのも当然だと思った。

それ以来、西に旅するたびにうどんを食べるようになった。

吉村家の昼食は麺類が多かった。自然と好物のそばになった。妻の郷里の福井から干しそばを取り寄せ、ときには気に入ったそば屋に出かけることもあった。

銀座の著名なそば屋では、コロッケそばという品目がある。かけそばの上にコロッケがのっている。奇妙な取り合わせだが、私にはその気持がよくわかる。わが家の昼食のそばは、いわゆるざるそばで、汁をつけて食べるが、副食物をコロッケにすることがある。これがそばには良く合い、それだからコロッケそばがその店の名物に近いものになっていることがわかるのである。

ただし、私はその店でコロッケそばを食べたことはなく、客が食べるのを横眼で見ているだけである。なぜ註文しないのか。私には勇気がないのである。保守的な人間なので、うまいだろうとは思うものの、新しいもの珍しいものには手が出ないのである。　『わたしの流儀』（新潮文庫）

明治十八年の創業で、現在は銀座六丁目にある「よし田」のことだ。名物のコロッケそばのコロッケは、食べてみるとわかるが鶏のひき肉と山いもをあわせて揚げたもので、じゃがいももパン粉も使われていない。吉村さんが食したら、どう評したであろうか。

ある居酒屋のコロッケがおいしいからといって、それを肴にする。ウスターソースをかけたいもコロッケで冷酒を飲む人は、吉村さん以外見たことがありません、と長いつき合いの編集者は語っている。

銀座の店といえば、水上瀧太郎《みなかみたきたろう》もよく出かけて行った。大正五年の小説『銀座復興』のモデルとなった「はち巻岡田」にもよく出かけて行った。三代目がいまも暖簾を守る。平成の終わり近くに創業百年を迎えた。銀座の路地裏で、三代目がいまも暖簾を守る。

「店主というもの」と題する随筆がある。

銀座の季節料理屋の「H」は、私の好きな店である。（略）

さて、現在の「H」へ行くと、慶大卒という当主が、料理場にいて庖丁をにぎっている。常連の客、初めての客の区別なしに、「いらっしゃいまし」と声をかけ、出て行く客に「ありがとうございました」と言う。客と特別に話をするようなことは一切せず、それが実にいい感じなのである。

料理場にいるかれは総指揮官で、料理その他すべてのことにかれの眼が配られているといった安心感があり、料理がひとしおうまく感じられる。『私の引出し』（文春文庫）

一方で、料理はうまいが、店主がほとんど姿を見せない店がある。行きつけの店に行ったとき、いらっしゃいまし、と店主に声をかけてもらいたいのが人間の情というものだ。店主が顔を見せない店は、空腹はみたされるが、人間の情が感じられない。

吉村さんが足を向けるのは店主の顔が見える店に限られた。

そういえば店の紹介をするとき、味だけをほめていることは少ない。大抵は店主や女将、店で働く人が登場する。札幌のバーの店主は謙虚で温厚そのもの。なじみの小料理屋の女将は頭の回転が速く、誠実で善良な女といったように。

つまり、味わっていたのは料理だけではないのだろう。料理人や客を含めた店全体の雰囲気を食していたのだ。

私の最大の関心事は人間と、『縁起のいい客』のあとがきにあったのを思い出した。

第四章　旅の味—長崎／宇和島／北海道など……

吉村さんは、日本の都道府県で訪れていない地はない。とりわけ北海道は百五十回以上行っている。長崎は百七回。数が正確なのは、親しいつき合いの元長崎県立図書館長の永島正一氏が「今日で六十五回目ですよ」と、数えていたからだ。多い年には年に数回、少ない年でも一、二回は行っていた。元館長から「今年は、一度も来ない年になりそうですね」と手紙が来ることもあった。愛媛県の宇和島は、五十回前後訪れている。

綿密な取材で知られ、取材相手の数も半端ではない。いちばん多いのは、第二次世界大戦中、大西洋に潜入した日本潜水艦の決死の苦闘を描いた『深海の使者』で百九十二人。雑誌に十八回の連載で、ひと月に十人ずつ、北海道から鹿児島まで関係者を訪ね歩いた。

たとえ大学保管の伝記であっても鵜呑みにせず、改めて第一歩から調査を始め、記述を確認することを習性にしていた。

私は、多くの歴史小説を書いてきたが、活字にされた史書をそのまま信用するのが危険であることを知っている。関の捕縛地の誤りについても、あらためてその思いを深くしたが、大切なのは実地をふむことだと思っている。『縁起のいい客』（文春文庫）

関の捕縛地というのは、『桜田門外ノ変』の主人公で、襲撃を指揮した関鉄之介が捕われた場所のことだ。その土地の性格や産物、風習など様々なことをできる限り調べ、現場で調査している郷土史家と称される人たちにも会う。

『桜田門外ノ変』では、「八ツ雪止む」の一行を書くために、雪がいつ止んだのか、様々な記録をあたった。その土地の土が赤土か黒土かわからなければ、馬が駆け抜けて行く土埃の色は書けない。『破獄』のときは、網走《あばしり》市史には暴風雨の夜とあったのを、その夜の測候所の記録を調べて快晴であったことを確認している。

この類のエピソードは限りなくある。

昭和四十三年刊行の『零式戦闘機』という長編がある。世界屈指の名機と言われた零戦の主席設計者で、三菱重工業名古屋航空機製作所の所員だった堀越二郎に技術面の話を聞いた。

宮崎駿監督の映画「風立ちぬ」のモデルになった人物だ。

雑誌の連載が始まると、ゲラが出るたびに堀越に送った。プロペラの構造を書いた箇所について、ある夜訪問すると、「これでは七十五点です。正確に書いていただきたいので、私の論文をそのまま写してください」と言って小論文を渡された。

その論文をもとにして私なりの訂正はしますが、と前置きした上で、

「論文を引き写すことはいたしません。小説家にとって文章は最も大切なもので、たとえ私の書いたものが正確度七十五点でもやむを得ません」

と、言った。

氏は、非常に驚いたらしく、

「七十五点でもよいのですか」

と、私の顔を見つめた。

「そうです。正確さよりも自分の文章の方が大切なのです」

私は、即座に答えた。『回り灯籠』（筑摩書房）

些細な誤りにも妥協しない強靱な精神の持ち主に、「私も音をあげた」とあるが、このような人だからこそあの名機が誕生したのかと感嘆した。

堀越宅には、数十回足を運んだ。このとき仲のよかった弟に十五万円の借金をしている。昭和四十三年といえば、『戦艦武蔵』がベストセラーになったあとで、かなり売れていた頃だ。取材費は出版社に出してもらうのではなく、すべて自分持ちというのが吉村さんの信念だった。

私は、一人で旅をする。編集者と同行することもあるが、それはきわめて稀である。人に会う時は、その人の眼の動きを見つめ、話に耳をかたむける。埋れた資料に出会った時は、やはり旅をしなければこのような貴重なものを手にできなかった、とあらためて思う。『史実を追う旅』（文春文庫）

この章のタイトルに「旅の味」とあるが、先に述べたような真剣勝負の仕事があり、それから夜の酒となる。数々の名作が誕生したゆかりの地から、味と酒を逸話とともにたどっていこう。

1.『戦艦武蔵』の舞台・長崎で百発百中の店選び

初めて長崎を訪れたのは、昭和四十一年三月だった。

東京駅から長崎行の特急寝台列車に乗車した。正午過ぎに出発し、夜になって二合瓶の日本酒を買い求め、長崎駅についたのは、翌日の午前十一時過ぎ。二十四時間近い長い列車の旅だった。

誰に聞いても吉村昭の代表作という『戦艦武蔵』の取材のためだ。

当時、三十八歳。妻は前年に芥川賞を受賞していた。『戦艦武蔵』の執筆には経緯がある。

そもそもは旧友でロシア文学者の泉三太郎が、戦艦武蔵の建造日誌をもとに小説を書く予定だった。ところが脊髄が結核菌に侵されて手術を受けなければならず、吉村さんに戦艦武蔵について書く気はないかと打診した。

関係者に話を聞くことになり、雑誌「プロモート」に「戦艦武蔵取材日記」の連載が始まると、新潮社の「新潮」編集長だった斎藤十一の眼にとまった。戦艦武蔵を小説に書いてみないかという思いもかけない提案を受けた。

斎藤は山崎豊子や瀬戸内寂聴ら、何人もの作家を育てた伝説の編集者だが、一方で彼によってつぶされた作家もいたはずだ。

そのことを吉村さんが知っていたかどうか。

考えた末に、書く決意をする。

長崎市内の「ひさ」という安い和風旅館に十日泊まって、取材に駆けまわった。夜は飲食店の多い思案橋界隈に行き、一軒の小料理屋が眼に入った。細目に開けたガラス戸からのぞくと、おでん鍋をかこむカウンターで中年の男たちが酒を飲んでいた。

それが行きつけの店となる「はくしか」だった。

中央におでんの鍋《なべ》があり、その周囲がカウンターになっている。小座敷もあるが、私はいつもカウンターに坐る。（略）

店でうまいと思ったのは、自家製のサツマ揚げであった。おでんに入れるべきものを、少し火であぶって出してくれたのだが、類のないうまさであった。

魚の刺身や焼物も出るが、ひとしく新鮮で値段も安い。余り量は食べないからよくわからないが、台所の奥には多くの種類のうまい物があるように思える。

『味を追う旅』（河出文庫）

おでん鍋の傍らには、愛くるしい少女のような顔をした、横綱の照国にちょっと似た中年の女性がいた。

それが、おたかちゃん、店の雇われ女将だった山崎孝子さんで、初めてにもかかわらず、常連客と同じように接してくれた。実に人柄がいい人で、性格のよさが、その顔にあらわれていると評している。

長崎に滞在中、毎晩その店に通った。まだ経済的にゆとりがない頃で、値段が安いのも好都合だった。

以来、長崎に行くたびに立ち寄り、その店以外は行かなくなった。妻を連れて行ったら愛人だと間違われた店だ。造船所に通っていると言うと、おたかちゃんは、出入りの業者だと思い、常務さんと呼んだ。風采から社長でも専務でもないと思ったのだろう。

味もさることながら、この店に通い続けたのは、初めて長崎を訪れた夜、たまたま入った店で親切にされ、印象深かったのだろう。『戦艦武蔵ノート』（岩波現代文庫）にはおでんの記述はなく、『ひとり旅』（文春文庫）では「はくしか」は元長崎県立図書館長の永島正一氏と行き始めたとなっているが、『わたしの普段着』（新潮文庫）にその折訪れたのはおたかちゃんの店となっているのでそれに従う。

おたかちゃんは停年で店を去ったが、「はくしか」はいまも健在だ。

昭和二十七年の創業で、市内に浜町本店と銅座店の二店舗がある。吉村さんが通ったのは、思案橋のそばにある本店のほうだ。だしにこだわる淡口（うすくち）おでんが名物で、おでん以外にも郷土料理が手頃に味わえる。

長崎は食べ物のうまい町なので、最初に行ったときからいい店を物色していた。次に通いつめていたのが、中華菜館「福壽」だ。

長崎名物といえばちゃんぽんだが、昼食は皿うどんを定番にしていた。

皿うどんと言っても中華めんで、太目のめんを油でいためたものと、細目のめんにとろみのある具がかけられているものと二種類ある。人によって好みがあるが、私は太目の皿うどんが好きである。（略）皿うどんをひと箸《はし》、口に入れた瞬間、ひどく幸せな気分になる。長崎に来てよかったな、と胸の中でつぶやく。また、これほどうまい食物は珍しい、とも思う。油でいためてあっても、どういうわけか油のくどさがない。淡泊な感じがする。いつも夢中で食べるので、具がなんであったかはっきりとはおぼえていない。蒲鉾《かまぼこ》の薄切り、きざんだ烏賊《いか》、貝の身それに野菜が入っていたか。『わたしの流儀』（新潮文庫）

手放しの称賛なのだ。口にするとき、なんといううまさだ、と陶然とするとも書いている。一体どんな味なのか、食してみたくなるだろう。

市内の料亭にも元図書館長に案内されたが、しっぽく料理は苦手だった。昼は皿うどんかちゃんぽんを食していたが、長崎名物ゆえ、市内にはそれを商う店が多い。町の人から、あの店はうまいという情報を得るたびに立ち寄り、二、三十店の味を食べ歩いた。

最終的に、元図書館長に連れて行かれた「福壽」に落ち着いた。妻が同行したときに、「うちは皿うどんだけじゃないんですがねえ」と、店の人が嘆くように言った。夫が所用ではずした次の機会に、ご自慢の料理を出して、と妻が注文した。すると伝統の福建料理が出てくるわ、出てくるわ……。

「福壽」は長崎新地中華街のそばにある。いまも吉村昭ファンが訪れ、決まって皿うどんの太めんを注文するそうだ。

「銀嶺」というレストランで、コーヒーを飲むこともあった。ギヤマンや古伊万里などの焼物のコレクションで知られ、博物館のような趣きがあった。

「銀嶺」は昭和五年に創業し、隣にバー「ボン・ソワール」が並んでいた。著名な俳優や芸術家が訪れ、長崎の社交場のような雰囲気だった。平成十七年に、長崎歴史文化博物館が開館した際、「銀嶺」はレストラン・喫茶としてそこに移転している。

ウイスキーのボトルが置いてある店として「マドリード」の名前がある。旅先での酒は、小料理屋風の店のカウンターで地酒を飲み、中流程度のバーに入り、ホテルに戻ってバーでウイスキーの水割り三、四杯を飲んで就寝という手順だった。

夜飲んだあとで必ず食べる餃子があった。「雲龍亭」の一口餃子だ。超小型でいくらでも食べられ、他の餃子は敬遠するというほど好物だった。

一口餃子は長崎の名物で、「雲龍亭」は市内に本店他の店舗がある。

長崎の魚介類は主に玄海灘のもので、新鮮な魚を手頃に食べさせる店が多い。小料理屋でそれを肴に一杯やれば、すこぶる幸せな気分になるのだが、ときには贅沢をしてやれと茂木の料亭「二見」にタクシーを走らせることもあった。

茂木は長崎半島の北東に位置する漁港で、市内からタクシーで十五分ほどで到着する。

「二見」は海岸沿いにあり、玄関を入り廊下を行くと、大きなコンクリートの生簀《いけす》がある。海水が鉄管から噴き出ていて、蟹やエビ、オコゼ、鯛、シマアジなどの魚が泳ぎ、大きなトラフグが浮いていた。

部屋は一面のガラス張りで海のかなたに雲仙が望める。暮色の海がひろがり、灯をともした天草帰りの観光船が、茂木港に入っていく。盃をかたむけていると、料理が運ばれてきた。

最初に出てきたのは、芝エビであった。中型の鉢に水がはられ、その中に二十尾ほどの生きたエビが繊細な脚をひらめかせながら泳いでいる。季節的にまだ小さいが、味は最もよい時期だという。

エビをつまんで醬油につけ、食べる。あっさりとした爽快な味である。

ついで、フグの刺身が大きな皿に、菊花状に美しく並べられて出てきた。別の皿には、皮も盛られている。

早速、ポン酢につけて食べる。茂木のフグはうまいというが、たしかに評判通りである。

それから、続々と魚介類がはこばれてきた。『味を追う旅』（河出文庫）

もちろん、すべて生きていて、いかですら動いている。生造りのあとは、天ぷら、車エビの塩焼き、鯛の浜焼きと続く。満足であった、長崎に来た甲斐があったと、胸中でつぶやいた。

別の機会に同行した妻も、随筆に記している。

「二見」は、私もその時何度目かだったが、二階の角の座敷の二面が一枚ガラスになっていて視野をさえぎるものが何もなく、ガラスがはまっていることさえわからない。眼下に海がひろがり、その向こうに雲仙が霞んでみえる。席に着いたときに、灯をともした三百隻ほどの漁船がいっせいに出港し、それと交差して天草帰りの小型の客船がもどって来るのがみえた。

つぎつぎに運ばれてくる酒よし、魚よし。案内した大学時代の文芸部、演劇部の親しい仲間たちが、突然歓声をあげた。雲仙の上に、満月がのぼったのだ。料

理を引き立てる最高の舞台装置であった。　津村節子『花時計』（読売新聞社）

美しい夜景に見惚れながらの宴だった。江戸時代の文献には茂木が月の鑑賞に適した地であると記されているようだ。

「二見」の料金は七千円（税・サ別）からで、吉村さんが食した小エビのおどり食いはいまはないが、早春の頃に白魚のおどり食いが味わえる。長崎からのタクシー代を払っても、一度は訪れてみたい料亭だ。

長崎の土産には野母崎《のもざき》のカマボコを買い求めていた。野母崎は長崎半島の先端にあり、カマボコの製造所が何軒かある。吉村さんの姪の夫の実家が経営しているところに、編集者を二十人ほど案内したこともあった。

普通の板つきカマボコ以外に、油で揚げたものもあり、「アジだけのものと、アジと太刀魚をまぜたもの」など、原材料もその日によって違う。良質の魚そのものの味で、揚げたてを試食した際には、なんといううまさだ、と感嘆したようだ。

長崎市内の市場で、アジと小鰯の桜干し、カマボコ、テンプラ、自然薯を土産に買うこともあった。アジと小鰯の桜干しは必ず買っていた。テンプラというのが、油で揚げたさつま揚げのことだ。

市場の魅力に初めて触れたのは、青森市の市場に行ったときで、タラコを三箱買った。以来青森に行くと、必ずタラコを土産にするようになった。

百七回訪れた長崎で、吉村さんが足を向けるのは図書館と古書店と取材先と万年筆屋、そして思案橋界隈の飲食店だった。観光名所は一切関心を示さず、人間が絡んでこない風物には興味が湧かない、と妻が対談で言っていたのを思い出す。

万年筆屋というのは「マツヤ万年筆病院」で、いまも市の繁華街にある。

この店の主人から、修繕可能なので直しましょうと言われた万年筆に対して、十数年私に酷使されて、可愛そうなので静かに葬ってやりたいと答えた。三十年間、夫が着ていたスーツを、スーツが気の毒だからお役御免と言って妻が葬ったことがあった。

夫婦の感じ方は知らず知らずのうちに似てくるのだろうか。

「静養旅行」という随筆がある。

昭和五十四年、二度目の海外取材でポーツマスに行き、心身ともに疲れたので、いつ行っても気分がなごむ長崎で骨休めをすることにした。旅行を思い立つとすぐ実行する癖があり、その日の飛行機の切符を予約した。

夕刻に長崎につくと、日曜で馴染みの店は休みだったが、とりあえず思案橋に行って小料理屋に入り、ひらめの刺身と揚げ出しを肴に酒を飲んだ。板前が親しげに話しかけ、美貌の女主人が傍らに坐って酌をしてくれた。長崎のよさは一人で飲んでいる客を店の人がしきりに気にかけてくれることだ。いい気分になって、馴染みのスナックに寄った。さらにその店から独立したバーテンダーの店に行き、ホテルに帰って熟睡した。

ところが風邪が再発し、酒で吹き飛ばせと次の日も出かけたが、さらに悪化した。三日間ホテルで寝たきりになり、とんだ静養旅行になったが、教会や寺院の鐘の音がきこえ、優雅な入院生活のようで悪い気分ではなかった。

あるときは添乗員まで務めている。

たつのおとしご会という、学習院時代の文芸部と演劇部に属していた部員の集まりがあった。新年会や暑気払い、メンバーの誰かがなにか賞を受賞すれば受賞祝いと、年に何度か顔をあわせる仲のよい集まりだ。

国内で最も好きな地は？　と聞かれ、観る、食べる、人情のよさの三条件がそろった地として長崎をあげると、そこに行こうという話になった。

昭和五十九年のことで、食の案内しか自信はなかったが、空港で御一行様をお待ちした。総勢七人のツアーで、取材絡みでない友人との旅はこのときが初めてだろうか。

初日の夜は、「はくしか」銅座店に行った。浜町本店の陽気な女将も来てくれて、うまい、うまいを皆が連発した。

翌日の昼は「福壽」。皿うどんとチャンポン、そぼろそばを人数分以上に注文した。

夕食はタクシーをつらねて茂木の「二見」へ。後から後から料理が出てきて、その量と味に驚きの声があがった。その後、男性のみでバー「マドリード」に行き、「雲龍亭」の餃子を食す。ホテルにいる女性たちに土産を持っていくと、最後に残った三個は、じゃんけんで決めるほどの人気だった。

最終日の昼は「吉宗《よっそう》」で、茶碗蒸しとそぼろの蒸し御飯セットの定食だ。

これが長崎美食三昧ツアーの、ベストスケジュールと思われる。

慶応二年創業の元祖茶碗蒸しの店「吉宗」本店は市内浜町にある。

中学三年の長女が試験休みのときには、一緒に長崎に来て「吉宗」に立ち寄った。大きな器の中に、あなごやかまぼこ、かしわ、ぎんなん、きくらげ他の具の入った茶碗蒸しと蒸しずしがセットになったものを食し、長崎でいちばんおいしかったものは？　と聞かれて、「吉宗」の茶碗蒸しと答えている。

さて、『戦艦武蔵』の取材は、造船所の技師や乗組員をあわせて、計八十七人に話を聞いた。

「あなたは素人だから十年はかかりますよ」と言われたが、三月に長崎に行って、七月には書き上げた。原稿用紙四百二十枚で、最後の四十二枚は一晩で一気に書いた。

「新潮」に一挙掲載され、出版の際は、初版は新人としては異例の二万部。身がすくむ思いがしたが、翌日には三万部に訂正され、本が出版されると、その翌日には一万部、一週間後にはさらに一万部が増刷された。

結局、単行本で十六、七万部までいき、文庫では現在八十一刷。日本文藝家協会の文学者之墓に刻む代表作品も「戦艦武蔵」と決めていた。

取材相手の重い口から、「牡蠣」という言葉が漏れた瞬間があった。艦底に付着した牡蠣のことで、それまでは海面上に現れた武蔵の姿しかなかった。「牡蠣」という言葉を引き出した折の、胸の中にふくれ上がった感動を大切にしたいと思った。

その経験が、人任せにせず自身で取材するという信念につながっていったのではないか。

緒形拳や夏目雅子が出演して映画化された『魚影の群れ』の取材では、幼稚な質問に漁師らは薄ら笑いを浮かべた。素人だから馬鹿げた質問をするのは当然で、自分で納得できるまで、蔑まれようが呆れられようが質問を続けた。

百回目に長崎を訪れたときは、長崎奉行と書かれた見事な銅板を贈られ、記念講演を行った。寝台列車で初めて長崎に来たときを思い出し、感無量になった。


家内が、私が蒸発して行方知れずになったら、長崎の飲み屋街である思案橋の露地を歩けば必ず探し出すことができる、と冗談まじりに言ったことがある。それほど私が長崎という町に魅せられているのを知っているのである。

長崎に初めて行った時、興味深い話をきいた。全国紙の新聞社の社員が長崎支局に赴任してきたが、いつの間にか町の魅力にとりつかれて退社し、身を沈めるように長崎に定住したという。私は、その話を無理もない、と思った。長崎には、そのような人を強くひきつける雰囲気がある。

第一の魅力は、人情である。『私の好きな悪い癖』（講談社文庫）

たとえばとして、ハタ（凧）の職人の仕事場を見てみたいと思い、タクシーに乗った。運転手が乾物屋の店主に場所の確認に行くと、店主がいきなりスクーターで走り出した。道案内を買って出てくれたのだ。

排他性がなく旅人に親切なのは、長崎という町が江戸時代から全国の留学生を受け入れてきたからだろうか。さらにオランダ人や中国人、幕末の頃になるとロシア人なども入ってくる。明治以降にはアメリカ人や、いろんな多くの外国人がやってきた。それを抵抗感もなく受け入れてきたのが、長崎という町なのだという。

よそ者である旅行者を、町の人がいつもふんわりとあたたかく包み込んでくれている。この町に来て、嫌な思いをしたことは一度もなかった。ほのぼのとした思いで滞在し、いい町だな、とつぶやきながら帰京の途につくのが常だった。

旅先では、うまいものを肴に酒を飲むことを唯一の楽しみにしていた。

初めての土地で酒と肴の名店を探し出すのは難しそうだが、長年の勘で好ましい店かどうかを見分けられるようになった。

一体どこをチェックしていたのだろう。

店の外観を見てよさそうだと思うと、ガラス越しにのぞき、時には入口の戸を細目にあける。私が見るのは客で、中年以上の落着いた感じの客だけがいると、安心して入る。

初めてですが、と店の人に声をかけ、入口に近いカウンターの端に坐る。そして、まずビールを頼み、肴を注文する。コップを傾ける時の気持はなんともいえず、落着いた場所を得て腰を据えることができたような気分になる。私一人だけの世界である。『私の好きな悪い癖』（講談社文庫）

人間の顔と同じじゃないですかね。店の構えっていうのは、と述べている。そしてチェックするのは外に掲げられたメニューでも値段でもない。店の中にいる人間、それも料理人ではなく、客の顔だ。客筋を見て、あ、これいいうちだなと思って店に入ってカウンターの前に坐る。長年の旅の経験で、中年以上のおだやかな表情をした男性の客が飲んでいる店なら間違いないという。

旅に同行した編集者は勘が的中することに驚き、店の常連客からは「旅行者なのに、よくこの店へ入ってきましたね。土地の者しか知らない店なのに」と、ほめられる。何事にも自信というものが持てなかったが、これだけは自信がある。百発百中だ、店探しの天才だと自負するに至った。

初めて入った店で、カウンターの隣席の人に声をかけられることがあった。どこから来たかと聞かれ、東京からと答えると「御出張ですか？」と問われる。それが年齢とともに、「御観光ですか？」と聞かれるようになった。会社を定年退職して一人で気ままな旅をしていると思われたようだ。しかし観光ではないので、調べものがありまして、と答えると「いい御趣味をお持ちですね」と言われる。

そんな穏やかな会話を楽しめるまでには数々の試練があった。

ある城下町で、カウンターで飲んでいると、「すいません、お客さん立ってください」と店の人に言われた。常連客が来たので、席を空けてほしいというのだ。追い立てられるように店を出たが、その町には二度と泊まらない、列車で通るだけでも嫌だと述べている。

またある町では、タクシーの運転手が返事もせず、降りるときにも振り向かないで手を差し出して料金を催促された。同じ町で違うタクシーに乗っても同様で、返事も言葉もなかった。嫌になってホテルをキャンセルして、他の町に行って泊まった。あそこへはもう二度と行きたくない、と静かに憤慨している。


さて、旅の夜に欠かせない独自の小さな手帳がある。

旅先で小料理屋やバーに入り、その店の飲食物がうまく、雰囲気がよくて料金が良心的な場合は、その店のマッチを持ち帰った。店にマッチが置かれ、飲食店の多くが店内禁煙になる前の話だ。

自宅に戻ってそれらのマッチを机の上に並べ、手帳にマッチに印刷された店の名前や住所、電話番号を書き入れ、短い印象なども添える。

手帳には北海道から沖縄まで、旅をした土地の気に入った店の名前がびっしりと並んでいた。

特に印象のよかった店にはⒶという印をつけている。

旅に出るときは、その手帳を必ず鞄の中に入れていった。


いい大人が……、と思われるだろうが、私はまじめである。夜の酒あってこその旅で、旅を楽しいものにするためには、いい店を確実に知っておかねばならない。旅に手帳を携行するようになってから二十年近くがたち、各地の店が書かれている。最も足をむけることの多い長崎市を例にあげると、小料理屋、鮨《すし》屋、中華料理屋、料亭、バー、クラブなど三十三店が書かれ、Ⓐは十店である。『事物はじまりの物語　旅行鞄のなか』（ちくま文庫）

手帳の地方編では、北海道、長崎、宇和島が圧倒的に多い。手帳に記した店は食べ物も酒もうまく、値段が安いことが必須条件だ。たとえ他人に教えたとしても、決して迷惑をかけない手頃な料金でなければならない。

その日の仕事を終え、ホテルに戻って、ひと風呂浴びる。手帳を取り出して、その夜のコースを考えながら身支度をするときの気分は解放感にあふれている。

ネオンが光りはじめた頃、いざ出陣となる。

三十年の間に多くの知己を得たが、亡くなった方が多い。造船所の技師の方々はほとんど故人となり、長崎に行くたびに会った元図書館長や古書店主もすでに亡い。それらの人のことを思いながら、小料理屋で一人飲む。これも世の常のことでやむを得ないとは思うものの、淋しい気がする。『私の好きな悪い癖』（講談社文庫）

2．ほのぼのとした人情の宇和島で鯛めしと朝のうどんを味わう

宇和島は四国の西端、愛媛県の南部に位置する。東京から遠いように思うが、羽田から松山空港まで一時間半。松山からは、いまなら特急で一時間二十分。三時間足らずで宇和島に着く。

宇和島は町の中央の山に城の天守閣がそびえる由緒正しい城下町だ。人情がきわめてよく、食物がきわめて豊富で美味、風光がきわめて美しい、と吉村さんはきわめてを連発したくなったようだ。

初めて訪れたのは昭和四十六年だった。市の沖の宇和海に浮かぶ戸島《とじま》と日振《ひぶり》島に、ネズミが大量発生し、それを小説に書くための取材で訪れた。港から定期船で戸島

に向かったが、宇和島は丘の緑が鮮やかで、ところどころに蜜柑の色がかたまって見えるのが印象に残った。

その後、シーボルトの娘のいねを主人公にした『ふぉん・しいほるとの娘』や、宇和島藩にかくまわれた高野長英を描いた『長英逃亡』を書くために宇和島を訪れた。何度訪れても飽きない素晴らしい町で、人情に加えて食べ物がうまく、新鮮な魚に恵まれている。

宇和島といえば、まず鯛めしだろう。「丸水」という店に通っていた。

鯛めしと言っても、蒸した鯛の身をほぐしてふりかけたものとはちがう。新鮮な生の鯛を三枚におろし、さらに小さくしたものが鯛の活き姿とともに出される。小鉢に醬油、みりん、ゴマなどでつくったたれに生卵が入っていてかきまわし、鯛の身を漬ける。それをたれとともに米飯にかけて食べるのである。『事物はじまりの物語　旅行鞄のなか』（ちくま文庫）

同行の編集者に鯛めしの食べ方を教え、表情を観察する。全員が眼を輝かせ、「うまいですねえ」と息を吐くように言う。

松山空港で永六輔を紹介された際、宇和島からの帰りだと知ると、「鯛めしを食べましたか」と聞かれた。食べましたと答えると、「あれって、ほんとにほんとにうまいんですよね」と羨ましそうに繰り返し言われた。

万人が感嘆する味なのだ。鯛めしのうまさは、ひとえに鯛の新鮮さにある。

あるときは「丸水」で、ビールを飲みながら、フカの湯ざらしを肴にした。湯通ししてあるフカの切り身を酢みそにつけて食べる。食事はサツマと鯛めしを二人前注文して同行者と分け合った。


サツマとは宇和島地方独特の料理で、簡単に言うと白身の魚を焼いてすりつぶし、みその汁に入れて冷やしたものを熱い麦飯にかける。外観がトロロ飯に似ている。

初めて食べたときは、あまりうまいとは思わなかったが度重なるうちに、宇和島へくるとどうしても食べたい食べ物になった。鯛めしは、大皿に頭と尾をはね上げた鯛が出てきて豪華である。小鉢に生卵を入れた汁が入っていて、新鮮な鯛の薄くきざんだ刺身をゴマの浮いた汁につけ、ご飯にのせて食べる。ご飯に汁をかけるといっそううまい。

『味を追う旅』（河出文庫）

第一章で述べた「禁をやぶる」という随筆で、うまい物を出す店として名前をあげたのが、「丸水」と長崎の「福壽」だった。

「丸水」の宇和島本店は現在休業中だが、松山市の道後店と松山店は営業中だ。鯛めしは、生の鯛を使った、全国でも宇和島にしかない独特の食べ方らしい。

ある夜は市内にある「斎藤鮮魚店」の二階に集合した。

宇和島市の図書館長だった渡辺喜一郎氏を中心に事業家、画家、詩人が、二階の広い座敷で定例の飲み会を開いていて、三千円の会費を払って参加した。宴席には宇和島の郷土料理が並んだ。

福麺は、鍋で空いりをしたシラタキに味つけがされ、その上に紅白のそぼろ、刻みネギ、みじん切りにした蜜柑の皮がのせられている。つまり紅、白、緑、黄の四色の色わけがされていて見た眼が美しく、気品のあるさっぱりした食物である。ふかの湯ざらしは、蒸したふかに酢味噌をつけて食べる。その他、新鮮な鯛、イカの刺身も並んでいる。『事物はじまりの物語　旅行鞄のなか』（ちくま文庫）

サツマも福麺も市内に何軒かある郷土料理店で味わうことができる。

元図書館長の渡辺氏とは、初めて宇和島を訪れたときから親交が始まり、その後も現地調査の案内や取材関係者に引き合わせてもらうなどして世話になった。類まれなほど心優しい方で、見送りに来てくれた駅のホームで、列車が動き出すと、ホームを走りながら見送ってくれたことがあった。

その人の訃報が届いたとき、ためらうことなく羽田空港に向かい、遺影に焼香した。ホームを走っていた姿を思い出し、胸が熱くなった。


次は朝のうどんだ。

例の小さな手帳の宇和島の欄には、小料理屋やバー、かまぼこ屋など十軒ほどの店が並んでいて、その中に「無名の、朝だけのうどん屋」というのがある。

小川のほとりにあり、看板もノレンもなく、名前もない。営業時間が朝の五時からで、十時前には閉めてしまう。そんな不思議なうどん屋があると教えてくれたのは、地元の画家だった。

以来、宇和島に行くたびにその店で朝食をとった。

ホテルを出てすがすがしい朝の空気に触れながら、町なかを流れる小川沿いの道を歩く。小川にかかった橋のたもとで足をとめた。高野長英の隠遁住居が残っている。

そこからが問題だった。なにしろ看板も貼り紙もない。川に面し、龍光院前という場所のはずだが……。

ズボンのポケットに手を突き入れた男が、ガラス戸をあけて中に消えた。あの家ではないかと見つめていると、爪楊枝をくわえたジョギング姿の男が出てきた。

まちがいない、あの家だ、と確信をいだいて私は歩き出し、その家の前に立ってガラス戸をあける。内部には多くの人がいて、うどんの汁の匂《にお》いが漂っている。髪を手拭《てぬぐい》でつつんだ四十年輩の女性が、私に顔をむけ、

「お久しぶりですね」

と、はずんだ声で言う。

私は、自然に笑顔になって、

「また来ましたよ」

と、答える。『わたしの普段着』（新潮文庫）

土間には二つのテーブルと丸椅子があった。カウンターの奥が調理場になっていて、自分でうどん玉を湯に通して汁を注ぎ、かまぼこやジャコ天などを勝手にのせ、持参した揚げ玉をふりかけている客もいる。

口をきく人はなく、客は勤めに出る人や魚介類を仕入れに行く人たちだ。家庭的な雰囲気で、よそ者の客には愛想のいい女店主がうどんを作ってくれる。

このうどん屋は、実は「やまこうどん」という名前がある。

昭和二十九年の創業で、メニューはなく、かけうどんのみ。店内には「朝のうどん」と書いた吉村さんの色紙が飾られている。色紙は辞退することにしているが、泊まっていたホテルに、先代の母親と一緒に色紙を持って頼みに来られて、無下に断れないと思ったようだ。

そしてこのうどん屋は、母娘二代にわたって六十六年続いたが、令和二年の夏、惜しまれて暖簾をおろした。

宇和島はうどんのうまさでは知られた町のようで、早朝うどんの文化があり、「やまこうどん」以外でも朝のうどんが味わえる。

旅の宿は門限がないホテルを好んだが、明治四十四年創業の「木屋旅館」に二泊したことがあった。

いいなあ、と思ったのは朝食だった。二泊目の朝食は前日とは違った料理で、味噌汁の具や漬け物も変えてあった。ホテルでは味わえない宿屋の好意で、参ったなあという思いで宿屋の人たちに頭をさげた。

早朝に魚市場へ行くこともあり、漁師やせりをした人たちの集まる食堂で朝食をとった。宇和島の魚は小味で、すこぶるうまく、朝からビールを飲んだりした。

宇和島は小ぢんまりした町なので、大抵の場所は歩いて行ける。コーヒーを飲みたくなって中央町の茶房「阿武《あたけ》」に立ち寄ることもあった。

魚料理専門店「平家《へいけ》」も馴染みの店だった。元図書館長の渡辺氏に案内された店で、生簀にはトラフグやシマ鯛、伊勢えびが泳いでいた。

十二、三人座れるようなカウンターがあって、若い主人ともう一人の料理人が包丁をにぎっている。

主人は、フグさしを作っているが、フグが動いている。

私は、待っていてくださっていた渡辺さんの隣りに座りながら、魚をながめまわした。いい店だ、と、私は思った。魚の種類が豊富で、いきいきしている。初めに出てきたのは、ホッタレいわし。小さいいわしで、刺身になっている。さっぱりしていて、すこぶるうまい。

ハランボウという赤い小魚を焼いてもらう。淡泊で美味。その他、えびの串焼き、あじの塩焼き。私は、嬉《うれ》しくなった。『味を追う旅』（河出文庫）

このときの滞在では、最後の夜に再び「平家」を訪れている。一人前千二百円のフグさしを始め、カレイの唐揚げ、ナマコ、カニもすべて美味だった。

小料理屋で信じられないような安さでフグさしとフグちりを食し、他の魚も、どれでもおいしい……。店の名前は出してないが、これも「平家」と思われる。

フグさしには、肝が添えられている。肝をポン酢にとかし、紅葉おろしと刻みネギを加えたものに、フグの刺身をつけて食べる。肝をポン酢にとかすのは、土地の人にとってなんの不思議もないが、肝には猛毒があり、それを食べた歌舞伎役者が死んだという話もある。

「この店でだれも死んだりしていませんよ。肝をつけなければ刺しの味はわからない」と言われても、吉村さんはうなずくだけだった。

食べ物の好き嫌いはないが、こだわりがあった。カキフライは好きだが、生牡蠣は食べないというように。フグの肝にも箸をつけたことはなかった。

用心深いんです、と妻も語っている。

宇和島に来たら、一食一食おろそかにできない。

「平家」で飲みながら、隣町の吉田町でうなぎを食べる話がまとまった。

翌日、タクシーで吉田町に向かった。この町も城下町で、古い家並みが美しく残っている。町を散策し、横堀川のほとりについた。

うなぎ屋は川のほとりにあり、横堀食堂と染めぬいた色あせたノレンがかかっている。うなぎ屋というよりは簡易食堂という趣きで、丼物や麺類も出来る。食堂の主人は、毎日、川でうなぎをとってくる。現物を見せてくれたが、いい形をしている。まさしく天然うなぎである。

骨を焼いたものを肴に酒を飲んでいると、うなぎが焼けてきた。身がしまっていて、どのような高級店で食べたうなぎよりもはるかにうまい。

古びた板壁には、うなぎ丼六百円という紙が貼りつけてある。このような美味なうなぎをこのような値段で食べさせてくれる店があることが楽しい。店の主人夫婦も、いかにも律義な感じで温く接してくれる。『蟹の縦ばい』(中公文庫)

店主はうなぎとりの名人で、夜、河口に近い海に舟を出し、カンテラで水底をさぐり、ヤスでうなぎを突く。一夜に五、六十尾のうなぎをとることもあった。うなぎ丼六百円、かば焼七百円というのは、昭和五十二年当時の値段だ。

百枚前後の小説で「闇にひらめく」と題するものがある。

「横堀食堂」の主人に取材して書いたもので、あらかじめ電話で、「これはフィクションで書きますから、作り話で書きます。ただ、あなたがうなぎをとるところだけは事実に基づいて書きます」と言うと、「結構です」という返答だった。

うなぎとりの名人は、過去に妻と妻の浮気相手を刺して刑務所に入った前科者、という設定にした。

次に「横堀食堂」に行くときは、掲載雑誌を送っていたので反応が怖かった。うなぎを突くヤスを振りかざされたらどうしようと案じたが、「ありがとうございました」と礼を言われた。

この小説が原作で、今村昌平監督、役所広司主演で「うなぎ」という映画になり、カンヌ国際映画祭でパルムドールを受賞した。宇和島の闘牛の飼育者を主人公にした「研がれた角」という小説もあり、二作とも動物小説集『海馬《とど》』に収録されている。

宇和島の帰途で立ち寄るのが常だった「横堀食堂」は、いまはもうない。


ウイスキーのボトルが置いてある店は、札幌と長崎、そして宇和島の三都市で、札幌は一軒、長崎が二軒で、宇和島にも二軒あった。三都市ともよく訪れる好きな町で、共通するのは歴史に恵まれ、排他性がないところだという。

宇和島で洋酒を飲む店として名前があるのは、桜新道《さくらしんみち》の「扉」というスナックと、「ホワイトベア」というバーだ。バーで飲んでから少々空腹になり、天ぷらうどんを食べることもあった。

土産に買い求めていたのはかまぼこだ。宇和島はかまぼこの名産地で、ホテルに近い「田中蒲鉾《かまぼこ》本店」に行き、製造過程を見学した。

宇和海の小魚が、かまぼこにも仕立てられている。ハランボウという白身の小魚は、焼いて食べると甚だ美味で、それをまぜ物なしに練ってかまぼこに作ったりしているのだからうまいはずだ。

これ以外に、鰺、いわしで作ったさつま揚げのようなテンプラと称される物も、珍味である。

宇和島市の素晴しさは、宇和海なしでは考えられず、その海のおだやかさが温かい人情にもなっている。『七十五度目の長崎行き』（河出文庫）

テンプラはそのまま食べても、大根おろしに醬油を落としたものをつけてもうまい。東京のさつま揚げは、西日本ではテンプラというようだ。

昭和六十年、二泊三日の宇和島の旅のコースがある。

宇和島に到着して、遅い昼食にうどんを食べ、夜は「斎藤鮮魚店」からバーに。翌日の朝食後、かまぼこ店を下見し、昼食は「丸水」で鯛めしを食す。午後は釣りをし、夜は「平家」に。翌朝は朝のうどん、その後、「横堀食堂」に寄るが、昼食にはまだ間があるので土産にしている。

妻の随筆に「宇和島食べ歩き」と題するものがある。

夫が宇和島に惹かれたのは、酒がおいしく飲めるという第一条件に加えて、親しくなった方たちのただごとでない篤《あつ》い歓待に包まれ、故郷に帰った思いがするからだという。

昭和五十五年の旅で、登場する店は同じだが、帰京してからも、土産のかまぼこやテンプラ、うなぎなどで、旅の余情を味わったようだ。


ある地方都市に行ったとき、市役所の観光課長に「観光客が多く来てくれる最も重要なものはなんだと思います？」と聞かれ、「タクシーの運転手」と答えた。

全国各地を旅して、タクシーの運転手の態度でその地の印象が定まる、と思うに至った。

その土地の気風は、タクシーの運転手にそのままあらわれていて、運転手が親切な土地は、人情のある土地と考えていい。うまいものを食べさせる店も、ホテルのフロントよりはタクシーの運転手のほうが、値段が安くてうまい店を知っていて、旅人なのによくこの店に来たと、店の人に感心されることが多い。

タクシーの運転手は、その土地の顔だというのが持論だった。

地方の役所の人から、観光客が多く来るようにはどうしたらいいか意見を求められることもあった。その度に人情だと答えていた。

会社勤めの頃、出張で会津に行った。薬局の前のバス停でバスを待っていたところ、薬局から椅子を持った男が出てきて「お疲れになるでしょう、お坐りなさい」と、椅子を置いてくれた。バスに乗りそびれていると、家に招かれて茄子の漬け物を出されたこともあった。

東北の農村地帯を走るバスに乗ったときは、「次は工藤さん前」と運転手が言った。一軒家の前でバスは止まり、一面の田んぼがひろがっていた。個人の家しか標識になるものがないのだ。途中で高校生たちが乗ってきて、降りるときに「ありがとうございました」と運転手に頭をさげていった。この挨拶で旅がにわかに豊かなものになった。

高知の四万十川を河口までドライブしたときに、勇壮な景色にすぐに飽きてしまい、休憩のたびに「そろそろ戻りましょうか」と言ったというエピソードを思い出した。

景色だけでは小説にならない。やはり人間にしか興味がないのだ。

宇和島についても、人情と食について口をきわめて語っている。地元の名物だけではない。店を味わい、人を味わっていたのだろう。

そういえば旅先の随筆には、譲れない流儀を書いたものが少ないことに気づいた。「ほのぼの」「人情」がキーワードになっている。

人間、いつまでも生きているわけではない。生きている間、互いにほのぼのとした気分になるよう心がけたい、と、自省の念をこめて自らに言いきかせている。

『事物はじまりの物語　旅行鞄のなか』（ちくま文庫）

3. 各駅停車の旅で出会った北海道の想い出の味

『破獄』『羆嵐《くまあらし》』『赤い人』『間宮林蔵』など、北海道を舞台にした作品は多い。百七回訪れた長崎は四作ほどだが、北海道は二十作以上ある。

理由を聞かれるたびに、北海道に住む人たちの気持ちが、自分なりに理解できるからと答えていた。

下町に生まれ育った谷崎潤一郎は、上野駅は東京の玄関だ、といった趣旨のことを書いていた。上野駅は東北地方とそれに続く北海道の匂いがすると同時に、駅は東京の下町の貌《かお》でもある。上野駅を玄関とする下町は、東北や北海道と同じ地域だというのだ。

吉村さんはその説に同感で、東北や北海道を旅しても、よそ者意識は感じないという。関東生まれの罪を犯した逃亡者は、東北地方から北海道へ身をひそめる傾向があると、老練の刑事が言ったことがあった。吉村さんはその心理がよく理解できた。

東京生まれの東京育ちなので、関西は異郷の地のように思える。

そうした心理分析の一方で、東北と北海道は吉村夫妻にとって忘れがたい地だった。結婚翌年の、「さい果て」への行商の旅である。

初めて北海道を訪れたのは昭和二十九年で、函館におりたらスルメの匂いがして北海道だなあと思ったとか、札幌のおばのところへちょっと寄って、ストーブでシシャモを焼いてもらったのがとってもおいしかったとか、根室ではタラバガニを処理しているカニ工場で、脚の太い、節のままのを食べたらあんまりうまくて、あれ以後うまいタラバは食べたことないとか、人情の良いところで、渡る世間に鬼はいないと思ったとか、食べ物と人情の話は尽きない。あれから数十回北海道に行ったが、あの旅がいちばんよかったと夫が振り返ると、私は帰りたくて半べそで、えらい男と結婚しちゃったと思いましたよ、と妻が言い、「心ひかれる北国の風景」と題した夫婦対談で想い出を語り合っている。

さて、多種多様なドラマが包蔵されているという北海道は、オホーツク海沿岸だけでも枝幸《えさし》、雄武《おうむ》、興部《おこっぺ》、紋別《もんべつ》、湧別《ゆうべつ》、網走、小清水《こしみず》に宿泊している。忘れがたい情景としてあげているのが、「鳥の浜」の舞台となった増毛《ましけ》郡増毛町の大別苅《おおべつかり》だ。

このとき雪原を長時間歩いたのが原因でバージャー病になったが、幸い足の切断は免れた。

道内の旅は札幌が拠点で、帰途にはいつも立ち寄っていた。

十年ほど前までは、いかにも北海道の食物らしいものを出す店に入っては、酒を飲んだ。熾《おこ》った炭火の上で濛々《もうもう》と煙をあげて焼かれた大きなキンキを口にしたり、毛蟹《けがに》を食べりして北海道の地酒を飲む。バターつきの馬鈴薯も好物だった。

しかし、五十代になってからは、食物の摂取量がとみに少なくなり、淡白なものしか口にできなくなった。『事物はじまりの物語　旅行鞄のなか』（ちくま文庫）

札幌の小料理屋は遍歴を繰返したが、ある時期からすすきののはずれにある「鶴」という店しか行かなくなった。

北海道庁を退職した店主は、頑固さを内に秘めているが、決して表に出すことはない。女将の妻は美人で愛想がよい。感じのいい夫婦がやっている店で、従業員のしつけも行き届き、好ましい雰囲気があった。

私は、必ずカウンターの席に坐る。調理人が庖丁をさばくのを見ながら、酒を飲むのが好きだからである。

席につくと、竹を輪切りにした容器に入れられている味噌汁が出る。私の知るかぎり、酒を飲む前に、客すべてに味噌汁を出すのは、青森市の「酒壺」という店とこの店以外にない。(同)

肴は北海道産のものに限られ、季節折々のものが出される。酒と肴のすべてに心がこもっていて、同行した編集者にも、あの店はよかったと言われたようだが、「鶴」という店はいま見当たらない。

青森の「酒壺」の味噌汁はすこぶるよい味だったようだ。味噌を塗って焼いたハタハタも格別だった。東北地方は、とりわけ冬の東北に魅力を感じていた。山形の夜の雪道で、すれ違った赤い角巻きの女が「お晩すー」と挨拶し、冬の旅をしているという実感が身にしみたことがあった。

「鶴」で食事をしたあとは、近くのバー「やまざき」に向かった。札幌に行けば必ず立ち寄った店だ。

「やまざき」の特徴は、店主にある。バーテンダー協会の要職にあり、外国のコンクールで受賞もし、その分野では全国的に名が知られている。が、店主には、そのような気配は少しもみられず、謙虚で温厚そのものである。絵筆をにぎるのを趣味とし、上達いちじるしく、東京でひらかれる絵画展に出品するまでになっている。客の横顔を切絵にする才もある。(同)

店主の山崎達郎さんは、人間としても立派な方で、店も山崎さんの性格そのままの清廉な店だと記す。

「やまざき」の創業は昭和三十三年。いかにもクラシックバーという感じの店で、客層もよく、おだやかな雰囲気で、中国の珍しい酒や銘柄も知らないワインを飲ませてもらったこともあった。店名にちなんで、サントリーの「山崎」をキープしていた。

吉村先生はとても義理堅い方で、切り絵一万枚達成記念パーティーのときは東京から駆けつけてくださり、本を出版するときも原稿に目を通し、推薦文もいただきましたと、山崎さんは想い出を綴っている。

山崎さんは、平成二十八年に九十六歳で亡くなった。生涯現役で日本最高齢のバーテンダーと言われた。

バー「やまざき」は、教えを受け継いだ弟子たちがいまも営業を続けている。「やまざき」でほろ酔いになったあとは、近くにあるラーメン屋に寄るのを常としていた。

味噌ラーメンを食べたのはその店が最初で、天下に名高い札幌ラーメンのうまさを知った。同行の編集者も感激しきりだったが、その店が消えてしまった。店主が博打好きで、借金がかさんで夜逃げしたらしい。

他の店を物色したが、その店以上の味には出会えていない。


時間に余裕があるときは、いまはない青函連絡船に乗って北海道まで行った。飛行機で一気に行くより、北海道に旅する気分になった。寝台車で青森まで行き、船内で弁当と味噌汁を買った。船中でとる弁当に旅を感じた。

そもそも四十歳を過ぎる頃まで、飛行機に乗るのが怖かった。

常識的に考えても、あれ程の重量のものが空を飛ぶのは自然の法則に反している。返還前の沖縄に取材で行ったときは、夜行列車で鹿児島に行き、翌日の船で沖縄に渡った。帰りは日程の都合でどうしてもジェット機に乗らなければならず、飛行機のタラップが死刑台への階段に思えた。

近海郵船に勤める妻の妹の夫に、「たまには、私の会社の船で北海道へ行ったら」と言われ、東京と釧路間を定期往復している船に乗り込んだことがあった。妻も同行し、三十三時間の船旅は天候にも恵まれ、食事も充実したものだった。

「小さなフネの旅」という随筆がある。

初めて乗ったフネは不忍池《しのばずのいけ》のボートだった。だからなのか、大型船より小さなフネのほうが好きになった。押し寄せる波に、フネが忠実に上下するのがいじらしく、健気にも思える。

小型船に乗る楽しみは、単線のレールを走る各駅停車の二両か三両のディーゼルカーに乗るのと似ている。急行列車では見られない沿線の草花や、停車駅で耳にする蛙の湧くような鳴き声と同じものを、小型船は見聞きさせてくれる。

夜行列車は、侘《わび》しいが楽しくもある。停車した列車の窓外をうかがうと、駅員がホームにポツンと立っているのを見ることもある。かれの妻子は家で眠っているのだろうが、かれは仕事のために夜をすごしているのだ、と思ったりする。

昼間の列車の窓からは、田畠で働く人々の姿が見える。川で釣り糸をたれている人。傘をさして踏切のあくのを待っている人。時には細い道を行く少人数の葬列を眼にすることもある。それらの人々の生活が、列車の窓をつぎつぎとよぎっ

てゆく。『事物はじまりの物語　旅行鞄のなか』（ちくま文庫）

そうした生活者への視線は、描く人物にも通じるのではないだろうか。栄光に焦点をあてない作風と、妻の随筆にあったのを思い出した。

そもそも英雄というのはまったく書く気がしなかった。幕末を書いても、西郷隆盛などは書こうとは思わない。成功者や偉人に関心はなかった。

一方で、歴史に埋もれかかっていた人物を掘り出し、光をあてた。

江戸時代の思想家・高山彦九郎を書くときは、「なんで吉村さんが書くの？」という声もあったが、思想家で非常にすぐれた人物だから、郷土の人は誇りに思わなくてはいけないと講演し、記念館ができるまでになった。『ポーツマスの旗』の小村寿太郎は、郷里では戦争中は嫌われ、戦後は忘れられていた。

吉村さんは努力を正当に評価されない人間の悲しみをよく知っていた、と井上ひさしは述べている。

月に一度北海道を訪れ、羆《ひぐま》撃ち専門の猟師の話を聞いていた時期があった。連作短編『熊撃ち』の取材のためで、阿寒湖の近くや日高方面の山奥に行った。猟師は一様に口数が少なく、極端に気むずかしい人もいて、二日がかりでようやく話を聞き出すこともあった。取材時にカメラは使わず、大学ノートと万年筆、テープレコーダーが取材道具だった。

稚内から日本海沿いに南下していくと、苫前《とままえ》という町がある。動物小説の中で、おそらくいちばん読まれている『羆嵐』の取材で訪れた。『羆嵐』は執筆で最も苦しみ抜いた小説だという。

もうこの町の土を踏むことは生涯ないと思っていたところ、降旗康男監督、三國連太郎主演でテレビドラマ化されることになり、慰霊祭に参列してほしいと言われて再訪した。夜は立派な町営の国民宿舎で、キジ鍋をご馳走になった。鍋が煮えると、三國連太郎が皆の小鉢にキジの肉や野菜を取り分けてくれた。そのふるまいに大俳優である三國さんを見た、と記している。

宿の接待は心がこもり、撮影隊に対する町の協力は胸が熱くなるほどだった。

その町に雑誌の依頼で再度訪れることになった。町営牧場は牧場祭りが催されるところで、七輪で焼いた牛肉を肴に、冷えたビールを味わった。日本海に面しているので海の幸にも恵まれている。

結局、苫前は五度訪れる機会があった。

4. 名誉村民となった田野畑村で海・山・畑の恵みをいただく

十年ほど前から、夏になると必ず家族連れで行く地がある。東京生まれの私は、故郷にでも行くように、その地に行く。場所は、岩手県の三陸海岸にある田野畑村である。

田野畑村生まれの渡辺耕平という友人がいて、かれはしきりに村の良さを力説し、小説の舞台になるはずだと口癖のように言う。そのすすめに従って遠く三陸海岸に行ったのが、始まりである。『味を追う旅』(河出文庫)

三陸海岸の田野畑《たのはた》村は、日本のチベット、陸の孤島と言われていた。眼下に太平洋がひろがる鵜《う》の巣《す》断崖の岬の突端で腹這いになり、断崖の下に砕ける波と海の色を見おろした。錆びついていた私の頭が、清冽な水で洗われたようにいきいきと働き出すのを感じていた、と記している。

初めて訪れたのは昭和三十七年で、上野発の夜行列車に乗って早朝盛岡につき、支線で茂市から浅内に向かった。そこからバスに乗り換えて岩泉まで行き、蓬萊屋という宿で一泊。翌朝バスでようやく田野畑村の島越《しまのこし》についた。

海岸線や村内を案内されて、別世界のような衝撃を受け、こんな地が日本にあったかと感嘆した。

田野畑村に想を得て「星への旅」を書き、太宰賞に応募して受賞する。以来、毎年訪れ、年に一度の釣りを楽しんだ。

旅館の料理は、むろん海から得たものがほとんどで、その品数も量も驚くほど多い。

生ウニ、アワビが無造作に並べられている。ヘラガニはこの村でしか食べたことがないが、身がびっしりつまっていて気品のある味だ。それ以外にスズキ、ヒラメの刺身、焼き魚、ホヤ、海草類、貝、お吸い物など食べきれぬほどだ。（略）

海の幸だけではない。村名がしめすように広大な原野があり田畑も多い農村でもある山野には山菜が多く、秋にはマツタケ、シメジが採れる。

酪農もさかんで、乳牛が多く飼われ、館石牧場という村営牧場もある。（略）

私が田野畑村に行く楽しみに、村で生産される牛乳を飲み、馬鈴薯、とうもろこしを食べることがある。『味を追う旅』（河出文庫）

乳牛からしぼった乳は「たのはた牛乳」として売店などで売られている。村人がゆでてくれたじゃがいもにバターをつけて食べたところ、このうまさに一同興奮した。とうもろこしも甘味があってうまい。

しかし食べ物がうまいだけで毎夏行く気にはなれない。見事な風光と村の人の情の美しさに接したいために足を向けるという。

現在はあるが、犯罪がまったくないので駐在所が廃止になったような村だった。村にある本家旅館や国民宿舎「番屋」に泊まっていたが、鉄筋コンクリート十階建てのホテル羅賀荘ができてからはそこに宿泊した。

便利になるに従って自然破壊が始まるのを恐れた村長は、景勝地をすべて村有地にし、村外からの観光業者を一切入れなかった。ホテルも村営で、旅館も民宿も村民によって営まれている。

あるときは盛岡から岩泉まで直行のバスに乗った。時間にして四時間十分。このバスの旅がすばらしく、ワラビ採りに行く老婆たちや、訛りのある言葉で会話する娘たちが、十分に旅情を感じさせてくれた。

宿泊は大謀《だいぼう》旅館という小さな宿だった。夕食は、ウニやいかの刺身、鱒の塩焼きなどが並んだ。

翌朝は大謀網を見学した。大謀網とは定置網の一種で、鵜の巣断崖を船から見たところ、断崖美として最高の部類だったと記している。

太宰賞受賞の「星への旅」以外に、田野畑村を舞台に、中編小説『海の奇蹟』、ドキュメント『三陸海岸大津波』（『海の壁』改題）、小説『幕府軍艦「回天」始末』を書き残している。

平成二年に田野畑村の名誉村民となり、文学碑が建った。

田野畑村は妻の随筆にも登場する。

牛乳をしぼっている農家で、しぼりたてのあたたかい牛乳を譲って貰おうと思ったら、ただで持っていけと言われた。宿の前に立っていたら、バケツ一杯のいわしを、これもただでくれた。

「この村には、まだ、ただというものがあるんですな。このただがなくなったら、この村ももう駄目です」

という村長の言葉は味わい深かった。　津村節子『書斎と茶の間』（毎日新聞社）

その夜に村長が開いてくれたお別れパーティーは、村の幸をふんだんに集めたものだった。牛乳を使ったグラタン風の料理については夫婦で記している。

炭火をおこして、その上で殻のままあわびを焼いたり、うにを殻から出してあわびの殻の中に詰め、醬油をたらして焼いたり、塩水で洗ったままの生うには殻からスプーンですくって食べた。あわびとなまこを、氷水の中に漬けた水貝、いかの胴に足を詰めて焼いた丸焼き、脚の先がへらのような形をしたへら蟹、ほやとわかめの酢のもの、ばい貝、とりたての枝豆、茹でたての甘い柔らかいとうもろこし、そして最後に食べたライスのグラタンのようなものは、しぼりたての牛乳を沸かして、上に浮いた脂肪や蛋白質の白い濃い部分を、熱い御飯にかけたものだという。思いがけないほどのハイカラな味だった。（同）

土鍋に米飯を入れ、牛乳を注いで火にかける。鍋のふちに牛乳の黄色い脂肪が浮き出て金環蝕のようになる。その上に醬油を少したらし、大きな匙《さじ》ですくって食べる。グラタンに似たハイカラな味がして、すこぶるうまい。これも、牛乳の鮮度がすぐれ、質が上等であるからにちがいない。『履歴書代わりに』（河出書房新社）

東日本大震災の翌年、妻は村を再訪した。

大震災以降、吉村さんの『三陸海岸大津波』が幅広く読まれ、緊急増刷された。

妻はその印税を全額村に寄付した。「吉村昭さん警告の書『三陸海岸大津波』異例の売れ行き」など、メディアでも報じられた。

5. 晩年の故郷・越後湯沢で味わう郷土料理

越後湯沢に、十畳一間とダイニングキッチンのマンションを購入したのは六十歳のときだった。

別荘をお持ちになるなら、お金を貸しましょうかと、丹羽文雄夫人に言われたが、とんでもないと夫婦で恐縮し、固辞した。

妻は軽井沢に別荘を持ちたがったが、夫にその気はさらさらなかった。人口密度の濃い東京の下町で生まれ育ったので、赤ん坊の泣き声や物売りの声がする町なかでないと落ち着かない。そのため真夏でも、よほどでないと冷房は使わず、パンツ一枚という半裸で机に向かっていた。

妻が遠慮がちに切り出したのは、湯沢のマンションのあたりは温泉街の飲食店や商店が道の両側につらなり、夫が気に入るのではないかと思ったからだ。

予想通り夫の気持ちが動いた。

戦前の旧制中学のときに、兄に連れられて三度湯沢に行ったことがあった。川端康成が『雪国』を書いた「高半」にも泊まり、思い出深い地だった。少年時代から新潟にはなんとなく憧れに近い感情を抱いていた。

すぐにマンションを購入し、孫も一緒に泊まれるように少し広い部屋に移った。越後湯沢に行くという新たな楽しみができた。ただし二泊三日の旅である。

吉村さんは、旅に出ても二泊三日で帰京するのを常としていた。それ以上いると、禁断症状のように家に帰りたくなる。家と言っても書斎で、最も気持ちが安まるのが書斎だった。

三ヶ月に二度の割合で、新幹線で湯沢に向かった。地方の取材先には編集者が同行することがあったが、雪国で過ごす二泊三日は夫婦二人だけの時間だった。

新潟の海でとれる魚は新鮮で、米は南魚沼郡産として名高い。朝は自炊だが、昼と夜は町に出かけた。

昼食には、「しんばし」というそば屋に入る。ざるそばに、鰊の煮付けとお新香。「マロン」というコーヒー店、「にんじん」という洋食屋もある。驚くほどの安さで、しかも量が多く、若い人たちが満足そうに食べている。(略) 味もいい。こういう店を健気《けなげ》な店と言うのである。

魚が新潟の海でとれるものが主なので、夜、それらを扱う店に行って一杯やるのが楽しい。よく足を向けるのが「豊」という季節料理店で、「一二三」という店にもゆく。（略）「大ずし」というタネのいい鮨屋もある。「福味」という女主人一人で切り盛りしている小料理屋では、山菜料理やワッパ飯、ケンチン汁が絶妙である。『味を追う旅』（河出文庫）

湯沢に通っているうちに、何軒か馴染みの店ができた。故郷を持たない東京人にとって、湯沢が故郷のように思えてきた。

ところで吉村さんの墓は越後湯沢にある。墓石には、悠遠と刻まれ、七月の命日には大輪のカサブランカが咲く。熱心なファンが、湯沢に行けば墓はわかると思って新幹線に乗って墓参りにやってくるが、駅の案内所で聞いてもわからない。それでも諦めない読者が、行きつけだった「しんばし」を訪ね、「しんばし」の女主人が車で案内しているという。

やはり人情の町なのだ。

6．冬の福井で越前蟹と地酒を心ゆくまで堪能する

妻の郷里の福井は、文学県であると同時に、日本海の荒波にもまれた魚介類の宝庫でもある。暖流と寒流がぶつかるために魚の種類も豊富だ。

昨日は、福井の旅から帰ってきた。福井の蟹のうまさは、全国広しといえども類のないものである。雄のズワイ蟹もうまいが、殊に雌のセイコ蟹は涙が出るほどありがたい蟹である。冬になると蟹を食べたい一心で福井へ行くが、その折の私は多分に殺気立っている。一匹でも余計に食べてやろう、他人が食べるのを見ているテはないといったさもしい気持で福井へ向うのである。『月夜の記憶』（講談社文芸文庫）

海の幸だけでなく平野部では越前米、山間部は越前そばと山菜、まつたけがとれ、食べ物と酒がうまいのが福井の第一の魅力だという。

越前蟹などの魚介を味わう店として、妻の随筆に三国湊《みくにみなと》の「川喜」がある。刺身や焼き蟹は出さず、茹で蟹一本で知られる名店だ。冬の訪れとともに、蟹の解禁の便りが届くと気もそぞろになったようだ。

「川喜」では蟹以外にも、春は甘鯛、夏は岩ガキ、秋はのどぐろなど、季節ごとに旬の海の幸が堪能できる。

次の場面は、「川喜」の座敷だろう。こりこりするようないか、とろりと脂ののったふくらぎ（はまち）、淡白な滋味に富む平目の刺身がまず出され、熱燗の地酒が冷えた体にしみわたった。

　そこへ、せいこ蟹（ずわい蟹の雌）の茹《ゆ》で上ったのが姿のまま出てくる。肢をもぎ、甲羅を開き、程よく調味された酢を甲羅の中に注ぎ入れる。つぶつぶの茶がかった赤い卵、鮮やかな橙色のみそ、それを箸でせせりながら汁を吸ううまさ。せいこ蟹は小ぶりでずわいより安く、昔は子供たちのひずかし（おやつ）だった。

（略）

　引き続いて、大皿に見事なずわい蟹が載せられて出て来る。凡そ十五年ぐらいだろうというが、全長が大人の掌をいっぱいにひろげて四つ並べたほどの大きさだった。これも生きているのを茹で上げたばかりである。（略）

「甲羅酒を上ってみて下さい」

　と、みそを食べたあとの大きな甲羅の中に熱い酒が注がれる。みその味と、酒がミックスされて、この世にこれほど贅沢な食物があるだろうか、と思う。津村節子『みだれ籠』（読売新聞社）

甲羅酒のあと、最後に土鍋で雑炊が出てくる。

蟹の匂いをさせず、蟹のうまみだけを味わえるようにしたもので、昆布だしに蟹から出たスープがうまく溶け合っていた。粘りが出ないように越前米をさらさらに炊き、しもこし（黄しめじ）、三つ葉、葱、春菊などをあしらった上品な味だった。

「せいこ蟹いらんけえのう」

子供の頃は、十一月のみぞれが降り始める頃から、三国湊の浜の女たちが運んでくる蟹売りの声が冬の訪れを告げた。

魚介は鮮度が勝負で、蟹は生きているものをすぐ大釜で茹で、湯気が立ったものを食べるのが最高だという。

フォークなどは使わず、肢を手で折り、口いっぱいに蟹の身をほおばり、殻ごとかんで汁をすすり込む。「しがむ」という食べ方を、津村さんは川喜の主人につきっきりで教えてもらったようだが、初めて訪れても店の人が豪快な食べ方のコツを教えてくれる。

夫婦で福井県三方町を訪れたことがあった。

三方駅につくと、町長や県の観光課、三方町役場の人たちが出迎えた。やはり福井では妻が主役のようだ。

まず鳥浜にある鳥浜酒造に向かい、日本酒の製造過程を見学した。ふらりと気楽に来たつもりが、酒蔵に昼食の用意がしてあった。夫だけでなく妻も文壇の酒の番附にのっているのを知って、二人にふさわしい趣向を凝らしたという。天井の高い酒蔵の周囲には巨大なタンクが並んでいた。中央に厚い莚《むしろ》が敷いてあり、座布団が並んでいる。席につくと、次々と料理が運ばれて来た。

「さ、存分に飲んで下さい。タンク一本空けたら、又次のを空けましょう」

タンクは一万八千八百六十三リットルで、一升は一・八リットルにあたる。一つのタンクに一升瓶一万本以上の酒が詰められている計算になる。

夫は前夜パーティーがあって珍しく宿酔だった。

「宿酔など、御心配はいりません。これは宿酔のなおる酒ですから」
とタンクから一升びんに移したお酒が、コップになみなみと注がれる。一口飲んでみて、そのおいしいこと。癖のない品のいいお酒である。さらりとしていてしかもコクがある。実に芳醇な味である。呆れたことに、夫はけろりと宿酔がなおり、すっかり本調子になって飲みはじめた。（略）
お米と水のよいところはお酒もうまいというが、また作る人の心をも反映するものらしい。こういう地酒にめぐり遭《あ》えるから、旅は楽しい、と夫は言う。津村節子『書斎と茶の間』（毎日新聞社）

7. 日本全国でめぐり合った郷土の味と人情

吉村さんは七十九年の生涯で、四十七都道府県に足を向け、忘れがたい味と人とのめぐり合いがあった。先に述べた土地以外で、北から順にたどってみよう。

秋田県横手市へ講演に行った折、時期的にある料理を口にできるのではないかと期待していた。芋っ子汁は、横手市のものが最高だった。

私の期待は的中し、座敷にコンロにのせられた大鍋が据えられ、芋っ子汁が煮えている。（略）

芋は里芋だが、横手市に近い山内《さんない》村の土渕産のものが最も質がよいとされ、むろん鍋にはその芋が入れられている。鳥肉、コンニャク、セリ、シメジが入っていて、味噌汁仕立てになっている。

地酒を飲みながら芋っ子汁を食べ、私は大満足であった。芋っ子汁は鍋物料理とは言えぬかもしれぬが、鍋物料理の楽しみと共通した和気あいあいとした空気がただよう。安価なものではあるが、満ち足りたぜいたくな気分になる。『実を申すと』（ちくま文庫）

小学生から中学時代にかけて、夏になると一ヶ月近く奥那須の温泉宿に避暑に行く習慣があった。北温泉と旭温泉があり、終戦前年に旭温泉で結核の療養中に、「ハハシススグ　カヘレ　チチ」の電報を受け取った。

急いで帰り支度をしたが、黒磯駅についたときには夜になっていて、駅前には翌朝から発売される乗車券を買う人の列が続いていた。意を決して駅長さんに会いたいと言い、電報を見せた。「お気の毒だったね」と駅長は言い、駅員に乗車券を渡すよう指示した。

胸に熱いものがつき上げ、言葉もなく頭をさげた。

あるときテレビで、奥那須の北温泉が映し出された。戦前と少しも変わらず、夢を見ているようだった。澄んだ涼気や夜空に冴えていた星も変わっていないのだろうか。再訪してみようか、と思う半面、そっと記憶の中にとどめておきたい気もしている。

群馬県前橋市で、街角のうどん店に入ったら、まことにうまかった。市内で水沢うどんという干麺とシソでくるんだ甘酢のラッキョウを買って帰ったが、どちらも美味だった。群馬県の印象が一変した。

千葉県銚子市では、魚商の店で生干しイワシを土産に買った。焼いて食べたが、これほどうまいイワシはないと思った。静岡県の三津《みと》ではゆでたシラスを米飯の上にのせ、醤油をたらして食べた。まことにうまかった。

灯台下暗しとは、味の旅でも言えそうだと思った。

奥多摩地方に一泊旅行をした。昼食は「澤乃井」の醸造元・小澤酒造直営の「ままごと屋」でとった。料理は豆腐を主にしていて、水がいいので上質の豆腐ができる。

> 出されてくる小鉢の中の食物は、たしかに独創的でうまい。うの花いり、梅花どうふ、山ごぼう梅肉漬などは絶品であった。
>
> 小さい杯に酒がみたされ、菫の花が入っている。酒は吟醸酒で、程よく冷えていて、これがまたきわめていい。多摩川の渓流ぞいの庭園に眼をむけながら、杯を口に運び箸を動かして、私は満足だった。『七十五度目の長崎行き』（河出文庫）

宿泊した「水香園」は、広い庭園に離れのような家が建っていて、それが客室になっていた。

すぐ近くを多摩川の渓流が流れ、浴場は川ぞいにあった。夕食は鯉のあらい、鮎の塩焼き、鱒のあんかけなど、いかにも奥多摩らしいものが並んだ。ワサビの産地なので、それをあしらったものもある。

家から電車で一時間ほどのところで、旅らしい気分が味わえ、東京も捨てたものではないと思った。


道頓堀に行く気になったのは、「たこ梅」というおでん屋があると聞いたからだった。愛媛県松山市の奥道後で、さえずりというおでん種を初めて口にした。鯨の舌の部分で、実にうまかった。

開高健《かいこうたけし》が好んで食べていることを知って、会ったときに大阪の「たこ梅」で食べられると教えられた。いつかはと思っていたが、大阪に行く機会がなく、今日こそはと道頓堀に足を向けた。

「たこ梅」は、現在も大阪市内に本支店三店舗がある。


串にさされたさえずりが、他の具とともにゆれながら煮られている。最初からそれを頼むと叱られそうな気がし、天ぷら（東京ではさつま揚）をたのむ。関西のおでんは薄味ときまっているが、思いがけず濃い味つけだ。名称は忘れたが、薄い餅を油揚でつつんだものが気に入った。

もういい頃合いだと思い、さえずりを注文した。念願の味で、やはりうまい。酒の味も急によくなった。『私の好きな悪い癖』(講談社文庫)

俳人の尾崎放哉《ほうさい》が没した小豆島《しょうどしま》は、美しい島であり、人情のあつい島だ。吉村さんは自身の病床体験をふまえて放哉を書きたいと考え、この小説を書き終えるまではどうしても死にたくないと思った。『海も暮れきる』は、ひとしお愛着の深い作品だ。

橋爪功主演でテレビドラマ化されたが、主演以外の出演者は島に住む住人だった。季節料理「石床」の経営者の妻も、喫茶店「どんぐり」の経営者も出演し、ドラマは好評だった。


志賀直哉は影響を受けた作家の一人で、『暗夜行路』の舞台を訪ねるという紀行文の依頼を引き受けた。

高松でタクシーの運転手に、さぬきうどんのうまい店に連れて行ってほしいと言うと、「かな泉」という店に案内された。自家製の天ぷらうどんが美味で、金陵という高松の地酒を飲みながら満ち足りた気分になった。

ふと、食べ物に恵まれた地を舞台にしながら、なぜ『暗夜行路』に食物が出てこないのかと不思議に思った。味覚に対して無関心だったのだろうか。

城崎《きのさき》温泉では「三木屋」という旅館に泊まった。「三木屋」は城崎でも有数の老舗で、現在も志賀直哉ゆかりの宿として営業している。ここに泊まったあと、志賀直哉は「城の崎にて」を書いている。夕食には松葉蟹が出た。鰈のうまい季節で、生干しを土産にした。身がしまっていて脂も多く、呆れるほどのうまさだった。


山口県の萩から交通船で見島《みしま》に渡った。

宿泊先の「北国屋《ほっこくや》」の主人が、岸壁の生簀の中から夕食用の見事な鯛といさきを手網ですくい上げていた。宿の入り口では主人の母親という老婆が、ウニをひらいて耳かきを大きくしたようなもので中身をすくいとっていた。

夕食には、鯛やいか、アワビの刺身、黒鯛の塩焼き、サザエ、生ウニと新鮮なものが並んで堪能した。電話がない宿は初めてだったが、貴重な回想を聞かせてくれた年長者の、「こちらへおいでませ」という美しい日本語に触れた旅でもあった。

小村寿太郎の生地の宮崎県日南市を訪ねた。宮崎は情の濃い土地で、タクシーの運転手をはじめ接する人は一様に親切で、宮崎という土地が改めて好きになった。

その夜は、「海幸」という店に入り、カウンターに坐った。眼の前では、板前が鯛の活造りをつくっている。（略）

私は、ケースの中に初めて眼にする蟹を見出した。形は渡り蟹と全く同じだが、朱色の甲羅に黄色い縦縞がある。名称をたずねると、虎斑蟹と言った。

それを注文し食べてみると、味は渡り蟹と変りはなく、いいものを食べたと思った。

ビールについで、そば焼酎を水割りして飲んだ。（略）旅先で、ボソリと一人で飲んでいる気分が私は好きだ。『蟹の縦ばい』（中公文庫）

『殉国　陸軍二等兵比嘉真一』の取材で一ヶ月半沖縄に滞在したときは、行きは鹿児島からひめゆり丸で渡った。滞在中のわずかな楽しみは、おでん屋で絶妙の豚足を肴に泡盛を飲むことだった。

その後何度か沖縄に行き、豚の挽肉と野菜の混ぜご飯、ソーキソバ、細かく刻んだ豚の耳の和え物、チャンプルなど、家庭料理にうまいものがたくさんあることを知った。

自分の生まれた島国である日本を、死ぬまでに少しでも多く歩きまわりたいというのが、吉村さんの念願だった。日本の小さな村、人影もない山路などに足を印したい。

……私は、海面を輝かせている太陽を眼にしながら、いい旅をした、と思った。いい旅をしたときは、いつもこの一節で終わっている。

第五章　吉村家の食卓

1．毎日の食卓を支えた三百種類のメニューと献立会議

結婚前、求婚した未来の妻に、吉村さんは一つの約束をした。「必ず小説は書かせる」というものだった。

一方で、理想の妻像というのを持っていた。世話女房というものだ。

世話女房という言葉は、男にとって実に快いひびきを持つ言葉だ。東京の下町に生れた私は、隣近所で、よく世話女房といわれている奥さんを目にした。いそいそと主人の身の回りに心を配り、亭主も頑是《がんぜ》ない子供のようにそれに身をまかせている姿を目にして幼心にもああいう人をお嫁さんにしたいな、とませたことを思ったりしたものだ。（略）

私の理想としていた妻は、むろんこの世話女房に属する女性だった。『蟹の縦ばい』（中公文庫）

「でも、私は、ごはんも炊けないし、お味噌汁を作るのも知らないのよ」
「そんなことは、一切かまわない。君は、小説さえ書いていればいいのだ」

結婚前に、二人の間で、そんなやり取りがあった。

家事はできないという未来の妻に、コックと結婚するわけじゃないからかまわないと未来の夫は答えた。そう言いながら、彼女が典型的な世話女房型であるという確信を抱いていた。結婚すれば料理もうまくなるし、まめまめしく夫の世話をやく女房になる。結婚すればこっちのもので、教育すればいいのだ。

もし本当にご飯も炊けなければ、最初のうちは自分がすればいい。兄たちの家を転々と居候してまわり、兄の会社の社宅に住んで自炊した経験もあった。

夫婦の初めての食卓は新婚旅行から帰った翌朝だった。朝食を作らなければ、と思って夫は飛び起きた。そこに思いがけない光景があった。

すでに隣室の食卓には、真新しい食器にベーコンエッグや野菜サラダなどが並べられ、妻は妙にとりすました表情で味噌汁を私の前にさし出した。

それから食べた飯と味噌汁のうまさは、長い間自炊生活で口にしていたものとは格段の差があった。　『味を追う旅』（河出文庫）

ご飯も炊けない、味噌汁も作れない……というのは嘘だったのか。いや、結婚が決まるまで、妻が料理をしたことがなかったというのは事実のようだ。九歳のときに母親が亡くなったので、家庭料理を教えてもらう機会もなかった。

新婚家庭の食卓に行きつくまでは、妻の随筆で知ることができる。

妻の昔の生原稿がある人のところで見つかり、その茶封筒の中に料理ノートが入っていた。そんなノートの存在も忘れていたが、大学ノートに、びっしりと料理の材料や作り方が書いてあった。最初のページには見出しがついていて、汁ものやご飯もの、和洋中の惣菜、ソースやドレッシングの作り方まで几帳面《きちょうめん》な字で書いている。

「スープのとり方とか、揚げ物のこつなんかも書いてある。あなたっていい主婦なのね。微笑ましいわ」と、知らせてきた女性作家は言った。

結婚が決まって、料理の本などから書き写したのだっだ。昔日の薄黄色に変色したノートを手にして、よくこれほど丹念に……と驚いた。料理ができなかった自分が懸命に書いたもので、少々いじらしく思った。

料理はできないと牽制しながら、ひそかに努力して人並み以上の力を身につける。その負けん気とあくなき向上心には敬服するしかない。

結婚後、約束通り、夫は住み込みで家事手伝いの女性二人を雇った。しかし采配を振るのはもちろん妻だ。

新鮮な材料さえあれば、なるべく本来の味を損わぬようにあまり手を加えず、そのまま食べるのがよいと思っている。越前わかめも、海苔のように板状に干して売っているが、これをさっと火にあぶり、もんで炊きたての熱い御飯にかけて食べる。口の中で、とろりととろけるような甘い甘えびは、頭と皮をとり、生のままわさび醬油で食べる。わざわざ取りのぞかなくてはならぬような背わたがないのが特徴である。

薄いオレンジ色の腹子が透き通って見える優雅な姿の若狭がれいは、一塩の生干しにしたのを焼いて食べる。弾力のある光っているような新しいいかの糸づくり、そして生うに――、酒の肴によし、御飯のおかずによし、これだけあれば私は何もいらない。

津村節子『書斎と茶の間』(毎日新聞社)

健康維持のため、吉村さんは決まった時間に必ず食事をとることにしていた。何事も一度決めたら守るのは、毎日の生活でも同じだ。

朝は新聞三紙を読み、朝食は午前八時。それから書斎に入り、お昼ですよ、と内線で電話があると、別棟の書斎から戻って来て、十二時半に昼食。夕方六時になると、書斎に鍵をかけて戻り、夕食となった。

少年時代、朝食は午前七時と決まっていた。母親が定めた規則で、忙しい家だったので、そうでないと「片づかないから」と言われた。

結婚後、外で飲んで午前様で帰った朝は起きるのがつらかったが、母親の「片づかないから」という言葉がよみがえり、無理にでも起きて食卓についた。

朝食を具体的に記した珍しい文章がある。

朝食は週に一度和風、他の日は洋風で、まずトマトジュースを飲むことにしていたが、それが林檎ジュースに代わった。太宰治の令嬢が発行する雑誌に随筆を書いたところ、御礼に津軽産の缶入り林檎ジュースが届いた。このジュースが気に入って病みつきになり、その後も食料品店で似たものを見つけて飲んでいた。

ジュースの次は、農協製の無調整牛乳をかけたコーンフレークス。パン半枚、生野菜、肉類を主とした炒めものなどを食し、紅茶、コーヒーを飲む。

前夜遅くまで飲んだ朝も、食欲がなくても食べたほうが体にいいと考えていた。たまたまこの時期がパン食だったようで、ロンドンに行ったときは、なるほどこれがパンの味かと、美味なパンを漁ってみたが、やはり米飯のほうが口に合った。

妻も、夫はパンが嫌いで、ご飯と麺類が好きだったと記している。朝はご飯を軽く一膳、昼は麺類が多かった。

家族中麺《めん》類が好きで、夏はそうめんやひやむぎ、冬は熱い汁物のうどんも食べるが、わけてもそばは好物で、福井から取り寄せている。
生そばに越したことはないが、日持ちしないので乾麺も常備しており、いずれもおろしそばにする。（略）
それにしても、薄く花びらのように削った鰹節《かつおぶし》と葱《ねぎ》、辛味のある大根おろしを添えるようになったのは誰の工夫であろう。そばそのものに栄養、薬効がある上に、この脇役は、そばの味を引き立たせ、色彩的にも美しく、動物性の蛋白質を加え消化も助ける。誠に絶妙な取り合わせなのだ。　津村節子『女の贅沢』（読売新聞社）

あるとき福井県鯖江《さばえ》市に住む人から寒餅とそば粉が送られて来た。

そばは信州や北海道のように、米のできない、やせた土地でないとうまくないと言われるが、福井では越前平野で米がとれ、山間部でそばがとれる。

そば粉に山芋と卵をつなぎに入れて打ち、茹で上がったそばは幾分深めのそば皿に入れる。越前ではそばと言えばおろしがつきもので、雪の下から掘り出したからみの強い大根をおろしたのが最高とされていた。

この日の吉村家の昼食はおろしそば、副食はおそらくコロッケだろう。

居職の夫は、毎日三度三度、家で食事をする。

俺が家にいちゃあ悪いか。俺は一家の主だぞ、とまた論争になりそうだが、台所を預かる妻にとっては、毎日の献立を考えるのは悩みの種だ。夫も子供たちも、今夜はなにが食べたい？　と聞いても、食べるものがわかってしまっては楽しみがなくなると答える。

食事のことはなにも考えず、時間になったらご飯ですよ、と呼ばれてみたい。今度生まれるときは絶対男で、女ならサラリーマンと結婚したいというのは妻の本音だろう。

小説の締切に追われながら、妻は吉村家の食卓をどう切り盛りしていたのか。

その秘訣は献立リストにあった。

分厚いノートに、主菜と副菜に分けて献立メニューが書いてあり、全部で三百種類ぐらいある。テレビの料理番組などでおいしそうな料理を見るとリストに加え、評判がいいと新メニューとして定着した。

その献立リストをもとに、二人のお手伝いと、二日に一度献立会議が開かれた。主菜と副菜を組み合わせ、朝昼晩の栄養バランスを考えて三食を決めていく。少なくとも一ヶ月は同じものを作らないように心掛けていた。お手伝いに料理を教える時間がないので、リストに各料理の克明な調理法が記されていて、一、二度一緒に作れば、あとはそれを見ながらこしらえることができた。

常に旬の食材を取り入れ、栄養バランスを考えているので、年に一度の人間ドックでも、栄養面は問題なしというお墨付きだった。

とはいえ、日曜はお手伝いの定休日だった。たまたま夫が留守で、締切に追われているときは、昼はそば屋から、夜はご飯だけを炊いて中華料理屋から子供の好きな肉だんごや酢豚、八宝菜等の出前をとることもあった。

逆に、夫が在宅のときは、今夜はかつおのたたきが食べたいとか、そろそろ松茸が出ただろうから、松茸ご飯を炊いてくれ、というリクエストがあり、慌ただしく献立が変更になった。

吉村家の定番料理はなかったが、夫が鍋ものが好きなので、冬になると寄せ鍋や牡蠣または蛤の土手鍋、ちり鍋等を作った。

ちり鍋とは、白身魚の切り身を野菜や豆腐とともに煮たものだ。他におでんやすき焼き、鳥の水たき、しゃぶしゃぶなどが食卓に並んだ。しゃぶしゃぶは、肉や野菜を食べたあと、きしめんを入れるときに固形のコンソメスープの素を入れ、胡椒をきかせると、子供たちにも喜ばれた。

豚ロースとキャベツを酒で煮る豚ロース鍋も、献立リストにあった。

秋田出身の陶芸家の陶房でふるまわれたもので、上等の豚ロースのうす切りと手でちぎったキャベツを、たっぷりと鍋に注いだ日本酒で煮て、ぽん酢醤油に薬味を添えて食す。

福井生まれの妻は肉より魚を好むが、食卓にあまり魚が並ばないのは、眼にかなった新鮮なものが手に入らないからだ。小説『一家の主』では、北陸生れの妻は、東京の魚は魚でないと言い、食卓に刺身や焼魚が出ることはほとんどなかった、となっている。

夫が二度目の海外取材を終えたときだった。

ニューヨークから成田までの飛行機に乗る直前に、夫は家に電話し、「今夜はハマ鍋にしてくれ」と言った。蛤鍋と書き、蛤の土手鍋のことだ。土鍋に蛤や焼豆腐、葱、白滝を入れ、味噌仕立てにする。吉村さんの生家では食卓に並んだが、妻は結婚するまで口にしたことがなかった。酒を飲むときに好きな料理は？　と雑誌のインタビューで聞かれ、夫はこの鍋をあげている。

海外旅行で洋食ばかり口にしてきた私は、帰宅したら蛤鍋を肴にして清酒を飲みたいと思ったのである。

しかし、家に帰って食卓に出てきたのは、同じ鍋物でも寄せ鍋であった。

「良い蛤がなかったので……」

と、家内は言った。

私はうなずき、酒を飲み、鍋に箸をのばしたが、不満であった。と言うより腹立たしかった。ニューヨークから成田までの機中、私は何度か蛤鍋のことを思いえがいていた。味噌の汁が煮えたぎって焼豆腐がゆらぎ、蛤の貝殻がカパッと開く。それを箸で皿にとり、身を口に入れる。

夕食は蛤鍋と、頭がそれになりきっていたのに、出てきたのは寄せ鍋。

腹を立てるのも大人気ない、と思ったが、なんとなく情なく、悲しくさえなった。

『街のはなし』（文春文庫）

「頭がそれになっている」という題だが、それになっているものを食べたい一心の夫と、家族の健康につながる食材は妥協できない妻のすれ違いだった。

父親の代まで信州という妻は、漬け物がないとご飯を食べた気がせず、自家製の漬け物にも手間暇かけている。

ぬか味噌漬けはもちろんだが、冬になると、桶いっぱいに白菜を漬ける。昆布や柚子、赤唐辛子を入れた塩漬けの他に、あみの塩辛やニンニクを入れた朝鮮漬けも作った。

庭でとれる青じそは、キャベツやきゅうり、にんじんなどと一緒に、しその葉を刻んで即席の漬け物にする。白ごまを煎ってまぜると香ばしくなる。

みょうがも庭でとれるので、ぬか味噌や甘酢に漬ける。

妻が得意とするのは、らっきょう漬けで、ツムララッキョウとして評判だった。夫の飲み仲間用には、千葉県産のらっきょうを使い、酢と砂糖を控え目にして漬ける。酒の肴として大変好評で、希望者が多く、泥つきのらっきょうを洗って皮をむくのに半日かかった。

庭に梅の木が四本あり、梅がよくなった年は焼酎や安いブランデーを買い込んで、梅酒にしたり、ジャムを作ったりした。

梅の産地の福井県三方町からは毎年梅干が送られてきた。そのまま食べる以外に、種を取り出して、酒の肴にも、熱いご飯にも合う一品に仕上げた。

ソバには、きざみネギがつきものだが、そのすばらしい思いつきをだれがしたのだろう。食物には、思わぬものとの取り合わせの妙があるが、酒でも同じことが言えそうだ。
マスで冷酒を飲む時、マスの端に塩をひとつまみのせて飲むとたしかにうまい。これもだれかが考えついたものなのだろう。（略）
酒には梅干しが意外に合うが、妻がそれに少々手をかけてくれる。梅干しの肉をはがして包丁で小刻みにたたき、それを小ばちに入れて細かく削ったカツオ節を少量ふりかける。そこにちょっぴりしょうゆを落とし、ノリをもんだやつをかけて、まぜ合わす。これをはしで少しずつ口にはこびながら飲む酒はうまい。

『味を追う旅』（河出文庫）

酒の肴は、そばに添えられたきざみネギのように量が少なく、酒の味をこよなく引き立ててくれるものがいいとしている。たとえば簡単にできるものとして、甘塩の鮭をうすく切り、玉ネギとレモンをうす切りにしたものをのせて酢につけておく。酢には化学調味料と砂糖をごく少量入れる。鮭の味とレモンの香りが玉ネギにしみ込んで、うまい酒の肴になる。

吉村さんは四十代で痛風の誤診を受けたが、このときは食事制限を余儀なくされた。

なにしろ好物が、子のいっぱい入ったししゃも、すじこ、いくら、うに、からすみ、塩辛、どじょう、フグ、牡蠣、キャビア、その他魚介類はなんでも。肉類の中でも特にビーフステーキ、タンシチュー、レバーは大好物で、痛風によくないものばかり好んだ。カキフライやかつおのたたきも好物だった。

このときは米飯もやめて、三ヶ月で五キロ減量した。痛風ではなく、バージャー病とわかってからは、一日百本前後吸っていた煙草を、その日からやめた。禁断症状が出たが、禁煙は丸三年続いた。

身長百六十四センチで、ベスト体重は五十七、八キロ。

若い頃大病をしたが、その後、一度も寝ついたことのないほどの健康体にしたのは、私という飼育者の力、と妻は述べているが、まさに健康管理の賜だろう。

2. 家庭で再現した各地の郷土料理

日本各地で郷土料理を味わった夫は、それだけでは満足せず、家庭の食卓にも取り入れようとした。食べたこともない料理を作れ、と言われて妻は困り果てることもあった。その土地で食べたものを、すぐ我が家へ取り入れるのも、食物に対する貪婪さの現われであろうと妻は述べている。

たとえば、ほうとうなるものを、私は食べたことも、見たこともなかった。材料や作り方を聞いて来てくれればいいが、味噌煮込みの、手打ちうどんで、かぼちゃがはいっていたようだ、という程度のことを頼りに作らねばならない。

あれこれ工夫しているうちに、次第に夫の思い描くものに近づいてゆくのである。
津村節子『女の贅沢』（読売新聞社）

ほうとうは夫の好物で、寒い冬の夜などによくこしらえた。うどんまでは打っていられないので、手打ちの生うどんを買い、鶏肉、油揚げ、かぼちゃ、なす、いんげん、にんじんなどを入れる。夫はかぼちゃが好きで、冬至の日にほうとうを食するのが、吉村家の年中行事になった。

年中行事のすいとんは、ほうとうと同じ材料で、手打ちうどんが小麦粉の団子に代わったものだ。

秋田のきりたんぽも食卓に並んだ。米が好きな妻は、仕事で秋田に行ったときに、料亭の料理人に作り方を教わってきた。

きりたんぽ鍋は、福井からこしひかりの新米が送られて来ると、必ず作る。初めのうちはちゃんと棒に半分つぶしたごはんを巻きつけて周囲を焼き、棒を引き抜いて竹輪状にしたきりたんぽを作っていたが、厄介なので、ごはんを小さく平らににぎった「だまっこ」の両面をこんがり焼いて代用している。材料は、ごぼうとにんじんのささがき、まいたけ、姫たけのこ、せり、ねぎ、しらたき、焼き豆腐など。

鶏肉は秋田から比内鶏を取り寄せられれば最高だが、近くの百貨店で地鶏のおいしいのを売っているので、それを使っている。酒の肴によし、野菜も動物性の蛋白質も充分とれ、しかも「だまっこ」がはいっているので主食もかねてしまうという無精鍋だ。(同)

東京のせりやきのこでは香りがない。鶏肉も、土地の人の言葉で言えば、空を飛んで歩く。つまり放し飼いの鶏でないとおいしくないと、秋田に行ったときに材料も仕入れてきたというのだから、食材に対するこだわりは半端ではない。

きりたんぽも夫の気に入りで、吉村家の自慢料理の一つになった。

秋田の郷土料理で、だまっこ鍋というのがある。新米を半潰しにして、ピンポン玉ぐらいに丸めて鍋に入れる。だまっこを平らに伸ばして、両面を焼いたものがきりたんぽだ。

吉村家には、秋田出身のお手伝いが何人かいたが、家できりたんぽは作らないという人ばかりだった。きりたんぽは、専門の郷土料理の店で出すもので、秋田の郷土料理としては、いものこ汁のほうが一般的のようだ。秋になると、近所の親しい人たちが誘い合って河原へ行き、いものこ汁を作って食べる。

第四章「旅の味」で、口にできるのを期待していたという、秋田県横手市の芋っこ汁のことと思われる。

かくして、吉村家の食卓に取り入れた郷土料理は、石狩鍋、秋田のきりたんぽ、いものこ汁、だまっこ鍋、岩手のひっつみ、会津のにしん漬け、長野の五平餅、越前おろしそば、山梨のほうとう、宇和島の福麵、長崎のチャンポンや皿うどんなど、かなりの数にのぼる。

岩手のひっつみとは、小麦粉をこねてうすく伸ばして手でちぎり、季節の野菜や鶏肉などとだしで煮込む料理だ。会津のにしん漬は、妻が会津本郷焼の取材に行ったときに買い求めたにしん鉢で、身欠きにしんをさんしょうの葉とともに三杯酢で漬け込む。

夫の好物のかつおのたたきは、土佐風に厚く切ってかぼすをたっぷりかけ、うす切りのにんにくを添える。妻が高知に行ったとき、くじらやかつおのたたきが大皿に出され、にんにくはスライスしたものを添え、かぼすやすだちより酸味の強い仏手柑《ぶっしゅかん》をかけてすすめられた。このときの味が忘れられず、家でたたきを作るときは、にんにくはおろさず、スライスしたものを添えている。

ところで、夫が「妻」という題で書いた随筆に、彼女は家事にうとい。調味料や掃除道具の置場所は知らないし、台所で料理に手を出すこともない。朝は私より遅く起き、夜おそくまで書斎にもぐりこんでいる。主婦という概念からは、程遠い女である……という一節がある。

これを真に受けると、家事は人任せで、仕事にかかりっきりの妻という印象を受ける。現に夫の随筆を読んだ女性作家が、七輪に炭を熾《おこ》し、私がサンマを焼いてあげたいと言ったらしい。

お手伝い任せで夫が気の毒だと思われたようだが、実際はこれまで述べたように、実にきめ細かく采配を振るっている。

夫は、なぜこのような一文を書いたのだろう。妻も妻で、台所に入ろうとすると、なんのために二人も手伝いを置いているのだ、そんな暇があったら小説を書け、と夫が言うことを女性作家に告げていない。

遅まきながら料理を習いに行きたいと言ったときも、家でうまいものを食べようとは思わない。料理を習いに行く暇があったら、本の一冊も読め、と取り合わなかったのは夫のほうだった。

しかし、そうは言っても、お手伝い二人は、日曜祭日の定休以外に、年に二度の有給休暇があった。そうなると妻は主婦専業になるしかなく、買い物と三度の食事の支度と後片付で一日が終わってしまう。

そうした毎日のこと以外にも、親戚や隣近所とのつき合い、子供のしつけ、家計の管理など、人任せにできないことはいくらでもある。

その上、妻には夫の秘書役という仕事もあった。

取材旅行が多い夫の留守中に、取材先から電話がかかってくることがある。その応対のために、ある程度夫が取りかかっている仕事を把握していなければならない。

自分の仕事はますます後まわしになり、締切が迫れば徹夜することもしばしばだった。それでも子供の弁当は必ず自分で作っていたという。

一人で何役もこなしていたにもかかわらず、それをひけらかすどころか、そんな素振りさえ見せない。

それゆえに津村さんを知れば知るほどに……終戦後、疎開先で洋裁店を開いて、大繁盛させたことや、結婚後、夫が自費出版をすすめられたとき、そっと預金通帳を差し出して、山内一豊の妻だなと言わしめたこと、不動産屋の車で土地を探してまわり、即決で手際よく家を建てる段取りを進めたことなど、華奢な外見からは想像できない決断力と行動力は、ため息とともに見上げるばかりだ。

3. 安住の地で得た、近所づき合いと馴染みの店

もう金のことは心配なくなった。あとは家の新築だ、という手紙を、昭和四十三年、夫は取材で訪れたケープタウンで書いている。

このあとの手紙に、空港待合室の上のレストランの席を予約しておけ、とあるようだ。わざわざ羽田まで迎えに来てくれた人たちを、そのまま帰すわけにいかないというのだ。

こういうことに、よく気をつかう人であると、妻が解説を添えている。同じ旅先からの手紙に、二人旅は気をつかうので疲れると記している。それが「ひとり旅」を続けた理由の一つではないだろうか。編集者が同行すれば気をつかう性分なのだ。君でなくては一緒に生活できないとも述べている。

終《つい》の棲家となった三鷹の井の頭公園そばに家を建てたのは、翌四十四年、夫が四十二歳のときだった。

いちばん奥の公園ぎわを契約したが、敷地の半分は孟宗竹と笹がおい茂る竹やぶだった。竹やぶをできるだけ残して家を建てたので、風が吹くたびに葉擦れの音が

した。転居して初めての七夕の夜に、娘やお手伝いと七夕飾りを作った。

毎年、季節になると筍が出た。ちょっと頭を出したばかりのものはやわらかく美味で、孫たちが楽しみに掘りに来た。

近くの吉祥寺の町に夫婦でよく出かけた。

妻は三年続けて捻挫と骨折をしたので、路面に段差があるところで夫が妻の腕を抱えると、「お仲のよろしいこと」と近所の商店主に冷やかされた。

文芸誌に『生麦事件』を連載のときは、小説にも登場する高杉晋作の曾孫が近くに住んでいるのがわかり、夫婦で連れ立って歩いているのをよく見かけると言われた。「奥さんのほうが、いつも買い物袋を多く持っていますね」と微笑《ほほえ》まれてからは、妻より多く買い物袋を持つようになった。

まったく、どこで誰が見ているかわからない。

外出先から駅につくと家に電話し、家にいるほうが迎えに行く習慣ができた。

下町で育った夫は、下町のような密な近所づき合いをしたいと思っていた。

当時まだ珍しかった月下美人が咲いた夜には、近隣の住人を招待し、夫がビールをついでもてなした。あるお巡りさんは釣りが趣味で、鮎釣りに行くたびに釣果を持ってきてくれた。

そうして近所づき合いが始まり、家の近くに、食卓の延長のような馴染みの店ができた。いちばん多く名前が出てくるのは、第二章の「酒中日記」にも登場した「富寿司（富ずし）」だろう。

家の近くに、富寿司という鮨屋がある。種のわりに値段が良心的なので、しばしば足を向ける。昨年、亡くなった落語家の小円遊さんもしばしば家族連れでやってきていた。

昨年十月頃の或る夜、その店で妙なものが出た。直径一センチにもみたない小粒の馬鈴薯のようなもので、食べると実にうまい。

三十二歳の店の主人にたずねると、ムカゴ（またはカゴ）だ、と言う。

これがムカゴか、と私は思った。それは、自然薯《じねんじょ》のツルに出来る実で、話にきいていただけで食べるのは初めてであった。『実を申すと』（ちくま文庫）

店は家から歩いて一、二分の距離にあった。三十代の夫婦の律義な人柄も気に入った。鮨の出前をとるのはもちろん、家に来た編集者を案内したり、一人でふらっと行ったりした。

自然薯は吉村さんの好物で、鹿児島から送られてきた自然薯を店の主人が庭に埋めてくれ、芽が出てムカゴがついたこともあった。

その後、魚の価格が上昇し、店から客足が少しずつ減っていった。結局店を閉めることになったが、別の夫婦がまた鮨屋を開いた。同じ店名なので混同しそうになるが、前の店主は熊本出身で、次の店主は岩手生まれで、六十歳を越えていた。長年鮨職人をしていただけあって、にぎりはひきしまっていた。にぎり鮨はその言葉通りにぎり方が重要な要素になるという。

週に一度サンダル履きで行き、家族の祝いごとがあると、長男長女一家を招いて鮨をとり、年に二回ほど続けている句会も奥の和室で開いた。編集者と訪れ、『長英逃亡』『破獄』などの長編小説の題名が、浮かんだこともあった。

客は地元の人がほとんどで、ソフトボールチームができて、吉村さんは総監督に推されて就任した。

夜にかなりの雪が降った翌朝、家の前の露地がきれいに雪掻きされていた。雪国育ちの店主が早朝に除雪してくれたのだ。

年末になって荒巻きが送られてくると、店主がやって来て庖丁《ほうちょう》を入れてくれる。生魚は刺身にし、ツマやワサビも添える。店主は岩手県生れで、訛《なま》りが多分に残っているのが好ましく、人柄のよいかれが不機嫌そうな表情をしているのを見たことはなかった。山芋掘り、兎《うさぎ》狩りなど故郷の話をよくし、私の知らぬことであ

ったので興味深かった。『わたしの普段着』（新潮文庫）

ところがこの店も、商店街の活気がうすれるにつれ、客が減り始めた。夜になると少なくとも週に二回は店に行き、新しい暖簾を寄付したりしたが、結局店じまいすることになった。

吉祥寺の駅近くに、冬はふぐを食べさせる「磯八」という店があり、二階で修業中の落語家の独演会を開き、編集者と行ったりしたが、ここも閉店した。若者の街となった吉祥寺は、その年代に合った店に交代していったのだ。そうして十軒ほどあった馴染みの店が、ついに一軒となった。

『縁起のいい客』という随筆集の中に「貧乏神」という随筆がある。

馴染みの小料理屋に行って飲んでいると、不思議と次々と客が入ってくる。「全く福の神ですよ、ありがたいです」と店主に感謝され、縁起のいい客と言われていた。

ところがあるときから事情が一変した。馴染みの店が一軒一軒消え始めた。鴨肉を扱う「かも屋」が、店の賃料が高くなって店じまいしたのを機に、雪崩《なだれ》のように閉店が続いた。新たな店を求めてさまよい歩くが、足を向ける店は必ずと言っていいほど店じまいしていく。

新たに開拓したMという店が唯一の頼みの綱で、貧乏神だと気づかれぬよう、息をひそめて酒を飲んでいる、と結ばれている。

このMというのが吉祥寺の駅近くにある「あぶり処　武蔵」で、吉村昭が晩年通った店としていまも健在だ。一匹の魚の半身を刺身、残りの半身を焼くか煮るかの「武蔵二刀流」が味わえる。

4．夫婦の長い戦いとなった正月の過ごし方

吉村夫妻がおしどり夫婦と言われるほどうまく連れ添ったのは、育った環境が似ていたという背景が一つにあるのではないか。

ともに両親を早くに亡くし、吉村さんの母親が、料理の味について批判的なことを言った際に厳しく叱ったことは前述した。津村さんも母親の思い出として、しつけの厳しい人で、食べ物の好き嫌いを言って残すと、せっかく作ってくれたお手伝いさんたちに悪いと言って叱られたことをあげている。

互いの小説は読まないというルールや、生来神経質であると同時に、反面愚かしいほど神経が鈍いという夫の一面も、うまくいった理由かもしれないが、次のような家庭環境は見逃せないのではないか。「夏の思い出」という妻の随筆だ。

軒に風鈴を吊し、夜は廻り灯籠に灯を入れる。母は、蚊帳《かや》の中に蛍を放ったりした。
寝ながら蚊帳越しに灯籠のくるくる廻る絵を見、蛍の光が息をするように明滅しているのを見ているうちに、眠りに落ちてゆく。（略）
仏さまを送る灯籠流しの夕は、それぞれの家から灯籠を手にした人々が川原に向う。長い袂《たもと》の浴衣にしぼりの三尺を胸高にしめて貰い、素足に冷たい感触の塗下駄をはく。きつめの赤い鼻緒に指を入れる感触が懐しい。
店の丁稚《でっち》さんらがズボンをまくり上げて川の中にはいって行き、灯籠を流れにのせる。幾十という灯がゆらゆら揺れながら暗い川面を流れてゆく光景は、夢のように時々思い出す。　津村節子『女の贅沢』（読売新聞社）

昔は日本中が今のように豊かではなく、暮らしも必ずしも快適とは言えなかったが、季節感だけは贅沢なほど味わっていたように思う、と述べている。

蚊帳の中に蛍を放つ場面は、夫の「さよと僕たち」にも登場する。こういった風流な環境というのは、人間の根幹を形成するのではないか。

季節感には夫も強いこだわりがあった。

日本人ほど季節感に鋭い感覚をもつ民族は稀だと思う。驚くほど多くの季節をもとにした言葉があることでも、あきらかである。

たとえば、雨にしても春雨、五月雨《さみだれ》、時雨《しぐれ》、糠雨《ぬかあめ》、白雨、驟雨《しゅうう》、霖雨《りんう》、秋雨、冷雨などかぎりない。外国にはこのように多種多様の表現をもつ国は見当らない。

さらに私たちには、豊かな季節感を彩る四季それぞれの行事がある。一般には元旦、七草、節分、雛祭り、七夕、お盆、お彼岸などで、地方には地方独自の行事がある。先人の大きな遺産である。『私の引出し』（文春文庫）

四季折々の行事としきたりは吉村家で重んじられ、節分の豆まきやひな祭り、春秋のお彼岸には五目ずし、こどもの日には菖蒲湯に入り、お盆には盆提灯をともし、仏壇に仏の好物を供えた。

夫は家のしきたりを守ることに固執し、俺たちの世代で、日本人の家庭に伝わって来た行事を廃れさせてはならないと意地になっているところがある、と妻は指摘する。

そこまでは同調できるものとして、そこから先が問題だった。

一年の要は正月にあり。夫は正月三ヶ日だけは完全な休日にしていた。

大晦日には百八つの鐘をききながら、凍てついた夜道を歩き、近くの弁財天に初詣に行く習わしが、三十年続いていた。正月は家で新年をことほぐのがしきたりだった。

わが家に関するかぎり、元旦は家にいて雑煮を食べるものにきめている。知人の家では、暮から一家そろって旅行に出る。年始にくる人の応接がわずらわしいし、行くことも面倒だ。それならいっそ旅に出て、旅館で上げ膳据え膳で正月休みをのんびりすごした方が楽だという論法である。

誠に理屈にあった考え方で、それはそれでもいいだろう。

しかし、わが家にあっては、そのような理屈は通らない。『月夜の記憶』（講談社文芸文庫）

年末は書斎などを掃除し、大晦日の夜は家族と年越しそばを食べる。そば屋に頼むことはせず、山形県寒河江《さがえ》市から取り寄せている干しそばを茹で、天ぷらを揚げて、天ざるにする。

そばを食べなければ年は越せないと、夫は頑なに信じていた。

おせち料理の煮しめなどの匂いが家の中に漂うと、夫はいかにも歳末という気分にひたった。

元旦の初湯は欠かせなかった。烏《からす》の行水そのものだったが、もともと入浴は好きだった。冬に蜜柑の皮を入れた布袋が湯に浮かんでいると、豊かな気分になった。

元日の朝は、長男一家が家に来ておせちと雑煮で新年を祝い、午後は届いた年賀状を読み、新たに年賀状を書く。二日以後は年始客と酒を飲み、五日は丹羽文雄宅へ新年の挨拶と決まっていた。

それが夫の正月だった。何事もけじめが大切で、行事というのは、古き昔から親が子に、年長者が若者に教えることによって、維持されてきた。昔通りのしきたりを守り、次の世代に伝えることが現在を生きる者の責任である。行事というものがなければ、人間の生活は、節のない竹のようにしまりのないものになってしまう、と譲らない。

正月に旅行などということは、うちのしきたりにはないというのだ。正月の家族旅行を、妻がひそかに羨ましがっているのは承知の上だった。

しかし、私は、断乎正月は自宅ですごすことを曲げない。女房というものは、絶えず亭主を自己流に手なずけようとうかがっている。結婚以来二十年たつが、その歳月はそうした妻との戦いの連続でもあった。

いつの間にか、すきをつかれて私の領域が妻におかされてしまっているのに気づくこともある。いったん侵犯された部分の恢復はほとんど不可能で、それは家の憲法と化してしまう。

外濠をうめられた秀頼の心境と同一で、油断はできない。

そうした攻勢の中で、私は正月を家ですごすという一事をかたく守りつづけてきた。朝湯に入り、酒を飲み、座ぶとんを敷きならべて眠る。これは、戸主の特権であり、年頭匆々からわが家で最も偉大なのは私であることをかれらにはっきりと示しておく機会でもある。

『蟹の縦ばい』（中公文庫）

では、妻のほうはどうだろう。

夫と同じように年末に原稿を書き終えるが、主婦でもある妻は、障子や襖の張替え、正月用品の買い物や歳暮の手配、大そうじや正月の飾りつけなどに追われる。三十日はおせち料理の材料など食料品の買い出しに行き、三十一日は朝から三つのガスレンジと煉炭火鉢でおせち作りが始まる。

まさに獅子奮迅の働きで、しかも二人のお手伝いは大晦日から休みをとって帰省するので、それから七草までが一年中でいちばん忙しい。

三年続けて妻が年の瀬に捻挫と骨折をしたのは、栗きんとんの色を出すくちなしの実を買い忘れたことに気づいて、買い物に走ったからでもあった。「かなわぬ夢」という随筆がある。

私の永年の願いは、原稿を書き上げたら暖かい温泉地へ行き、一日海を見ながらぼんやりと何も考えずに一週間ぐらい過したい、ということだ。(略)

夫は下町人間だから、季節季節のけじめを大事にし、特に正月はかれの家が商家だったせいで、元旦から年始の客がひきもきらず、父親はそれらの人々と飲み続け、母親や女衆《おなごし》たちは坐る暇もなかったらしい。

生家が福井の織物屋だった私も、正月はそういうものだ、と思ってきたし、子供たちも、一年のけじめをつけて新しい年を迎えるしきたりを伝えようと、殊勝にも努力してきたつもりである。

しかし、暮れも正月もなかったらどんなにいいだろう、というのが私の本音であり、さすがに夫も年のせいか妥協するようになった。　津村節子『女の贅沢』(読売新聞社)

元旦だけは家で迎えることは譲らないが、二日以降なら温泉でもどこでも行っていい、と言うようになった。

それでも元旦を家でとなると、暮れの準備は同じようにしなければならない。郷里の福井から家事見習いに来ているお手伝いに、一応のことを仕込まなければならない責任もあった。昔は夫の主義主張のため、子供が小さい頃は子供のため、その後はお手伝いの花嫁修業のために、妻は年末年始の家事から逃れられず、障子の張り替えから教えることになる。

おせちも、結婚以来洋風、中華風等、料理の本などを参考にして作ってみたが、結局昔ながらのおせちが日持ちもよく、さめても味が落ちないことがわかった。専業主婦でもそこまで熱心にする人は少ないのではないか。

同じ家に暮らす者同士が、異なる主義主張を通そうとすれば、家の中は団欒や憩いの場でなくなってしまう。そんな状態が続けば、神経がまいってしまい、途端に書けなくなる。

それよりは譲歩してしまったほうがいいというのが妻の胸の内だった。

「長い戦い」という妻の随筆がある。

せめて正月三ヶ日ぐらいは休みがほしいと、結婚以来言い続ける妻に、「馬鹿を言え。正月というものは……」と持論を展開する夫だったが、妻は一大革命を起こして、正月の二日と三日、娘を連れて姉や妹の家族たちと山中湖畔のホテルで過ごした。

結婚二十二年目で初めてのことだった。

暮れに新年を迎える準備を全部ととのえ、元日の朝はお屠蘇と雑煮で新年を祝い、それから出発した。夫一人を残していくのは気がかりで、家でなにをしているのかと気になって電話をすると、友達を招集して酒宴の真っ最中だった。冷蔵庫にそのまま食べられる酒の肴を用意し、重箱にはおせちが詰めてあるので、主婦がいなくてもなんとかやっているようだった。

家事から解放され、据え膳で食事ができるのは、主婦にとってなによりの喜びだった。

日頃は家族に給仕するばかりなので、福井の料理旅館で、風邪気味で食欲がないと言ったら、あつあつのうどんを煮てくれ、一眠りして起きたら、ぴったり合う新しい足袋がみだれ籠に用意してあったのはこの上なく嬉しかった。

国内でそうなのだから、成田発ウィーン行の飛行機の車輪が滑走路を滑り出したときには、万歳を叫びたい気持ちだった。

5. いつも人が集まった吉村家の食堂と居間

二人の担当編集者が集う、恒例の新年会があった。多い年は二十八人集まった。

私はショッピングカートを引いて、吉祥寺のおでん種専門店に買出しに行き、お手伝いたちは前日からおでんのだしをとって、大根や、福井から取り寄せる煮くずれしない上庄《かみしょう》里芋、こんにゃく、昆布などを煮始める。当日は一口カツ用に切って貰ったヒレ肉を揚げ続け、錦糸《きんし》玉子、ハム、きゅうり、春雨などのサラダに丹羽文雄夫人直伝のレモン汁や蜂蜜《はちみつ》入りのドレッシングを添える。　津村節子『時の名残り』（新潮文庫）

そもそもは、三鷹に住む恩師の丹羽文雄邸の新年会から、同じ三鷹市井の頭に住む吉村家に客が流れてきたのが始まりだった。

丹羽文雄夫人の料理は和・洋・中華料理は玄人はだしで、田舎風の惣菜や漬物類に至るまで、細かい神経が行き届いていた。料理学校へ行くより丹羽家のお手伝いをしたほうが、家庭料理は身につくと思ったほどだ。

妻の座右の書は、丹羽夫人の料理集『丹羽家のおもてなし家庭料理』（講談社）だった。そこに丹羽夫人直伝のドレッシングも載っていて、レモン汁を主役にして、マヨネーズソース、トマトケチャップ、蜂蜜、塩、化学調味料を瀬戸引きのボールに入れて木のしゃもじで混ぜると、とろっといい塩梅に仕上がった。

早くに両親を亡くした妻は、師の家庭に、理想の家庭を見ていたように思う。

吉村家の新年会では、妻は台所の様子を見たり、築地の場外で買った仕切りのある銅のおでん鍋に、おでんの種を追加したりと忙しい。

客人のいる部屋を離れると、ソファに坐った夫が、「おい、節子」と呼ぶ。氷の追加か、あるいはこっちに来て一緒に飲むようにというのか、用件は様々だろうが、それを聞いた古い編集者が、「津村さんの担当者もいるんですから、節子、節子と呼び立てるのはやめて下さい」と言い、笑いに包まれた。

家の中では縦のものも横にしない。すこぶるつきの保守的な男だと、自らも書いている。

夫は、私が外出することを喜ばず、出るときには何かしら文句を言い、何時に帰るか、と必ず聞く。約束の時間を過ぎると機嫌が悪いのでオチオチしていられない。その頃私は、週に一度お茶の稽古に行っていて、快く出して貰ったことがなかった。そのくせ自分は、不意に「おい、出掛けるぞ」と言うので、近くの本屋にでも行くのかと思えば、九州へ行く、と言う。思い立ったら待ったなしだ。

津村節子『書斎と茶の間』(毎日新聞社)

夫の客好きは、育った環境によるものらしい。下町の商家の、長火鉢のある茶の間にはいつも誰かが来ていて、酒を飲んでいた。中にはどういう人なのかわからない人まで出入りしていた。父親が大変な酒飲みで、意気投合した行きずりの人を連れて帰り、夜更けまで騒いで飲むこともあった。

夫が昔から描いていた家庭というのは、どてらを着た一家の主が、茶の間の長火鉢を前にあぐらをかき、客人たちが周囲に集い、丸髷を結った妻が銅壺で酒の燗をしているというものだった。

「人が来ないような家は、暗くていけない」「人が来てくれることは、有難いと思って感謝しなくてはならない」とよく言っていた。

類は友を呼ぶ、と言うが、夫の友人、知人たちはみんなのんべえで、食いしんぼうである。

夫は外で飲むことも好きだが、家へ人を招くことも大好きで、旅先では必ず市

場などへ行き、珍しい食べ物を買って来て、

「さて、誰を呼ぼうかな」

とか、

「××君は、こいつに目がないんだ」

とか言う。

夫がのんべえだということは知れ渡っているから、お中元お歳暮、何かのお祝いにはお酒やウイスキーをいただくことが多い。それらを眺めながら、

「ずいぶんたまったなァ」

と言うときも、人を呼びたいときだ。　津村節子『書斎と茶の間』（毎日新聞社）

珍しい到来ものが集まる家でもあった。

函館生まれのお手伝いの実家から、アワビといかを粕漬にしたものが届いた。アワビは食べたことがあるが、いかは初めてで、筒状のいかの中に、いかの脚とにんじんが差しこまれていて、輪切りにして醤油を少したらして食べる。

冷酒を飲んでこれを三、四切れ食べると、幸せそのものという気分になった。

富山に住む青木新門からは、毎年年末になると、小さい竹筒に入ったこのわたが送られてきた。すこぶる美味で、それを肴に酒を飲んだ。青木新門は吉村さんが

「文学者」の編集委員をしていたときに、小説を書くように勧め、のちに映画「おくりびと」の原型となった『納棺夫日記』を書いた人物だ。

かつて吉村家でお手伝いをしていた、せっちゃんからは毎年筍が届いた。夫妻が仲人をして高槻《たかつき》に嫁いだが、「高槻は筍がうまいだろう。筍の季節になったら送ってくれ」と夫が言った。それ以来、はしりの筍が三本、竹の籠に入って届くようになった。

はしりの筍は高い。夫はさすがに気にして、冗談だったのだから、もう心配するなと手紙を書け、と妻に命じた。

秋田の湯沢に住む人からは稲庭うどんが届いた。

酒のあとには、締めの食事を出すが、稲庭うどんですよ」と言っていたと聞いて、稲庭うどんは飲み仲間に好評だった。ある編集者が、「吉村家で一番うまいのは、稲庭うどんですよ」と言っていたと聞いて、聞き捨てならぬと妻は思ったが、うどんそのものがおいしいことは認めざるを得ない。

夜になると夫は、晩酌をするか、友人を招くか飲みに出かけるかだった。妻も賑やかなことは好きで、客を招くのは嫌いなほうでないが、夫はできれば毎晩でも客を呼びたい。

この家は私が設計して、夫の夢に描いたような茶の間は作らなかったが、食堂と居間にはしじゅう人々が集まっている。（略）
つい最近は、浦安に住んでいる夫の担当編集者が、わたり蟹を持って行くというので、夫はどうせならうちだけで食べるのは勿体ないから大量に買って来てくれ、と頼み、その日のうちに、わたり蟹を食べる会の希望者をつのって、忽ちメンバーが揃った。どういうわけか、夫の周囲の人々は、うまいものなら、何を差し置いても、という人が多い。
津村節子『風花の街から』（毎日新聞社）

百五十坪の敷地に建てた家は、中二階に夫婦の書斎と寝室、お手伝いの個室、応接間、玄関ロビー、洗面トイレ。階段を数段上って、子供部屋二つとサンルーム。階下には和室八畳とリビングダイニング、台所玄関、浴室洗面トイレがあった。坪数は中二階が断然広く、遠藤周作は「ほう、戦艦武蔵のような家ですなァ」とつぶやいた。その後、階下のテラスに部屋を作ったので、そこが宴席となった。夫婦同業なので、夫の友人は妻の友人。同人雑誌時代からの仲間もいれば、学校が同じなので共通の学友もいる。古いつき合いの友人が多いので、遠慮や気兼ねがなかった。

あるとき夫は胃カメラの検査をすることになっていた。再検査の結果は異常なしで、書き下ろしの原稿も渡してしまったので、早速友人を招くと言い出した。妻は書き下ろしの原稿が仕上がらないままだったが、お手伝いが休みの日だったので、買い出しに出かけ、半日がかりで料理を作った。

思い立ったら待ったなしの男だからだ。

夕方から飲み始めたが、前夜ほとんど寝ていない妻は、ちょっとベッドで横になった。その間に夫は客にお茶漬けをふるまったが、それが犬の飯だったことで夫婦喧嘩《げんか》になった。

「犬のめしが何が悪い。戦争中はもっとひどいものを喰ってたぞ」

夫は癇癪を起して丼を投げ出し、二階へ上ってしまった。私はむやみに気が高ぶって、泣き出したら止らなくなってしまった。冷静になれば実にくだらないことなのだが、人に、家庭的なことは駄目だと思われたくない虚勢と、仕事の面では夫にかなわないという劣等感に加えて、女はハンディがあるという被害意識がからんでいたのであろう。

翌日夫は、友人たちに犬の御飯を食べさせたことを思い出して愉快になり、片端から電話をした。

「あれ、犬のめしだったんだってさ。女房に怒られたよ」（略）

「じゃあ、夫婦喧嘩は、犬も喰わぬじゃなくて、犬も喰えなかったわけだ」

と駄洒落の好きなYさんは、オチまでつけてくれた。　津村節子『風花の街から』（毎日新聞社）

吉村家の手料理は、やきものが好きな妻が選んだ器に盛られた。

妻は旅の日程を組むとき、やきものの産地なら、必ずその窯を訪ねる時間を入れた。

食卓に並ぶ器に高価なものは一つもない。シンプルなものばかりだが、だからこそ飽きが来ない。飽きが来ないどころか、年々愛着が増した。

黒褐色の片口の姿をした小さな器は、いかのうに和えなどを少し盛るととても似合う。私の漬けたらっきょうにもいい。（略）

焼締の越前ちろりは、そのまま火にかけてお燗が出来、使っているうちにお酒がしみて実にいい色合いになってくる。真黒い薩摩焼の厚手の大皿は、姿のままの蟹、白身のお刺身、鍋料理の材料、生野菜のサラダ、果物等、何を盛り合わせても映りがよい。　津村節子『書斎と茶の間』（毎日新聞社）

結婚前に夫とデイトしたのは上野の帝室博物館、現在の東京国立博物館ばかりだった。妻がやきものに興味を抱くようになったのは、このデイトのせいかもしれないという。

6. 吉村夫人は、まれにみるいい奥さん

或る日、圭一が外出の身仕度をしていると、ガラス戸で仕切られた食堂で、
「あの人を出しちゃってから、夕食の献立を考えましょうよ」
と、妻が家事手伝いの娘に言うのがきこえた。『一家の主』(毎日新聞社)

出しちゃってから、とはひどいことを言う。ほうきで掃き出されるゴミと同じだと夫は思う。一家の主だと思っていたのが、家にいないほうが妻の顔が明るく輝くのを知るようになる。

夫婦は何百回となく喧嘩してきた。「出てゆけ」と妻に言わない代わりに、「出てゆく」と言って夫が出て行ってしまう。家出した夫を「こちらで保護しています」と、仲がよかった弟から連絡が入ることもあった。

おしどり夫婦にしては意外だが、そもそも易占いの相性が悪かった。夫は短気で、

妻はせっかち。性格が似ているだけに衝突が多く、相性はなにを見ても凶と出ている。

妻は夫を亭主関白だという。確かに結婚して二、三年は、妻に対して虚勢を張り、大いに威張っていた。しかし、男が家庭で頼もしくみえるのは五十歳が限度だ、と夫は考える。

一般的に、結婚して年数がたつにつれ、夫が妻の前で弱々しい眼をするようになる。亭主関白だった夫も、例外なく気弱になって大人しくなり、一方の妻は堂々とした優位な存在になる。

なぜ結婚して年月がたつと、夫は弱くなるのか。その原因について、とくと考えつづけてきたが、ようやく食物と深い関係があることに気づいた。

たとえば、飼犬を見てみるとすぐわかる。犬は、毎日二回ずつ食物をあたえられる。食物が口にできねば空腹に苦しみ、完全に絶たれれば死ぬことを本能として知っている。そのため、犬は食物をあたえてくれる人に媚びるような眼をし、尾をふる。「おあずけ!」と命じられれば、涎を垂らしながらも素直に従う。その人の機嫌を損じたら、生死にかかわることを知っているからである。『実を申すと』（ちくま文庫）

人間の場合はどうかというと、妻が食事を作り、夫はそれを食べる。昭和ひと桁生まれの夫婦なら、それが一般的だろう。食べ物を与えるのは妻で、与えられるのは夫で、飼い主と犬との関係と共通している。食物を与える者が、与えられる者に対して優位に立つのは自然の理で、夫は長年の間に飼い犬のように卑屈な感情を妻に抱くようになるというのだ。

「居候亭主」という夫の随筆がある。

身は三界に家なしという言葉があるが、最近転居し、私は三界に家なきことを身にしみて感じている、という書き出しで始まる。

新たに家を建てることになったが、家の設計の段階から、絶妙と思える案を出して一家の主の存在を主張しようとしても、妻は苦笑し、業者はさげすんだような眼を向けた。

建築が始まると、予想通り提案はすべて却下されていた。

引越しの当日、張り切ってはち巻きをし、紙片の入った古い和机の引出しを、「燃してください」と妻に言われたのでその通り燃すと、「燃してほしいと言ったのは、引出しの中のいらない紙屑。なぜ引出しを燃したんですか」と言われ、職人たちににが笑いされた。

一家の主として頼りにされることはなく、つくづく家は妻子のもの。自分は、そこに住まわせてもらっているだけの身だと思った。

そういえば、学校から帰った子供たちは、「お母さんは？」と聞くのが常で、「お父さんは？」と聞くことはなかった。書斎で仕事をしていると、妻子の笑い声が聞こえ、にぎわいに加わろうと居間に入ると、ぴたりと笑うのをやめ、他人を見るような眼を向けられた。

なぜ家庭内で、自分一人疎外されているような感じを受けるのか。

さらに、こんなこともあった。

ある年の誕生日に、ささやかな筋立てを考えた。夕方にぶらりと家を出て近くの鮨屋に行き、肴をつまみに酒を飲む。その間に、家では誕生祝いの料理ができあがり、妻に鮨屋に電話をかけさせる。ほろ酔い加減の主役は、おもむろに妻子の待つ家に帰り、食卓につくという趣向だった。

予定通り家を出て、鮨屋に行くと、近くの寮に住む学生二人がいた。今夜の段取りを彼らに話すと、「やりますねえ」と学生は感心した。魚にはボスがいて、群小の魚たちはそのあとから従って泳ぐ。夫というものは一国一城の主、つまりお殿様で妻子はそれに仕える身だという持論を展開した。

「お宅からです」と電話があった。銚子がついたばかりだったので、これを飲んでから帰ると答えた。妻子は箸にも手をつけず待っているはずだと、学生に言った。ところがこれから帰ると家に電話をすると、帰りが遅いので食事は終わり、あなたの分だけは残してあると言われた。

店の外に出ると、学生の笑い出す声が聞こえた。

さて、節子、

僕の許を離れるな！

僕は生来愛に飢えてゐるくせに、病気この方、変に冷い態度を装ふくせあり。病前にはなかりしことなり。あはれと思ひ、寛恕せよ。性格、欠点多し。ために愛想をつかし、離婚なぞせぬやう。僕が、どんなわがままを云つても、決してはなれてくれるな。

節子よ。　津村節子『果てなき便り』（文春文庫）

連れ添う間に字まで似てきたと言われた二人だが、書いていることが必ずしも一致しているわけではない。冬至のかぼちゃは、親が子に行事のしきたりを教える義務があると言われればうなずくしかないが、夫は男のくせにかぼちゃが好きで、かぼちゃを食べたいためのこじつけだという妻の随筆を読めば、そうだったのかと苦笑してしまう。

夫は妻の着るものにもこだわり、少々意外だが、華やかな服が好みだった。常に身ぎれいにしていないと気に入らず、病床の夫につき添うときも、妻は化粧をして、夫の気に入りの花柄のワンピースを身につけた。妻に白髪が一本でもはえるのを夫は嫌がり、毛抜きですぐ抜いてしまった。

夫婦で同業は、互いにライバルでもあり、刺激を受ける反面、夫婦で小説を書くのは地獄だな、とも言われる。

夫の側からすれば、妻に対しての唯一の不満は小説を書くことで、世話女房だけでいてほしいというのはある意味本音であろう。しかし結婚前の約束もあり、台所に入ろうとする妻に、そんな暇があったら小説を書けと言いながら、妻の仕事の都合も聞かずに客を招いたりする。

一方の妻の側に立てば、夜、締切が迫った原稿を書いているときに、「おう、そろそろ飲まないか」と声がかかる。昼間は来客や電話、家のことで仕事が中断され、ようやくそれからが仕事に集中できる時間で、一刻も早く原稿に向かいたいはずだが、飲む真似だけしてつき合っていたという話には驚いた。

どんなわがままも受け入れようとするのは、根底に敬愛の念があるからだろうか。妻が唯一認めているのは夫の文才だった。世話女房だけでいてほしいという、男の本音もわかるゆえの負い目もあったのだろうか。

福井の女性は、芯の強さや粘り強さを奥底に秘めて、堪えに堪える。そしてあるとき、雪の重みで地に届くかと思うほどしなった柳が、突然雪をはね返すような強さを見せることがあるらしい。

ものを書く人間というのは概《おおむ》ね偏狭でエキセントリックなところがあり、それを承知しながらもついこちらも苛立って波風の立つことが多かったが、一緒に年をとるということはいいことだ、と思う。（略）
長く連れ添った夫婦も、いずれ別れの時がくる。死が近づいた時に、傍らに妻が、夫がいてくれることは、死の恐怖を多少ともやわらげてくれるだろう。小説を書きたいために、結婚生活はさまたげになると思っていたが、そしてそういう事態に屢々なったが、生きて行く上で一人よりも、二人のほうがよかった、と思えるようになった。　津村節子『花時計』（読売新聞社）

平成七年、妻が六十七歳のときの随筆である。

さらに興味深いものがある。「最期の晩餐」という妻の随筆だ。そう、夫がアイスクリームと答えたもので、妻も同様の依頼を受けていたのだ。

妻は自分が作った料理を、子供や孫たちが食べるのを見ているのが好きだった。死が近づいたときは、自分が食すより、子供や孫たちが食べるのを見ていたい。息子夫婦、娘夫婦の共通の好物は鮨だった。出張して極上のタネを握ってくれる鮨屋がいたら、金に糸目はつけない。好きなものを食べている肉親たちの楽しそうな顔を冥土の土産にしたい、という。

この場面、子供や孫たちは登場するが、夫の姿はどこにもない。やはり夫は疎んじられていたのか……、いや、そんなことはありえない。

おそらく、夫を看取ってからの場面だろう。伴侶に死が近づいたときには、傍らにいて少しでも死の恐怖を緩和させる。夫をあとに残していくことなど想像だにしなかったのではないか。

その最期の場面の謎は、死を迎える心の準備をしていた夫が、なぜ妻になにも告げなかったのかということだ。

突然、眼の前で、点滴の管のつなぎ目をはずされた妻の胸中は察するに余りある。

今日はこれから私がそばにいるからね、と言われて安心したのか。それとも妻が記しているように、仕事をする妻に声をかけるきっかけがなかったのか。

「群像」は書き始めたか。

「群像」はどこまで進んだか、と夫は妻の仕事ばかり気にかけていた。だから妻もそれにこたえようとした。

しかし本心では、こう言いたかったのではないか。

仕事なんかやめて、おれのそばにいろ、と……。

妻の悔いが文字で残るだけで、夫の心の動きを記すものはない。


吉村夫人というのは、まれにみるいい奥さんですね、と親しいつき合いのあった城山三郎は語っている。大抵は両雄並び立たずなのに、吉村家は両雄並び立って仕事をされてきた、と。

振り返ってみると、家庭の食卓について夫はそれほど記してないことに気づく。照れがあったのか、それともひけらかすものではないと思っていたのか。

性格、欠点多し。君でなくては一緒に生活できないとあったように、居候的卑屈感や頑なで神経質なところも含めて、すべてをさらけ出して妻にもたれかかり、プロの料理人には到底真似できない細やかな愛情を込めた手料理を肴に飲む酒は、どの居酒屋より極上で、くつろげたのではないか。

おい、節子と、呼ぶ声が聞こえてきそうだ。

あとがき

私にとって、津村節子さんは恩人といえる方かもしれない。

二十代のとき、津村さんの『銀座・老舗の女』を読んで、俳句の師の鈴木真砂女《まさじょ》さんに出会った。その出会いがなければ、拙句「春の雨どちらともなく時計はづす」は生まれてなかったかもしれない。

もう一つ、忘れられない光景がある。ちょうど三十年前の八月、津村さんと編集者らと私で、福井の開花亭に泊まる旅をした。

その夜、芝木好子さんの訃報が届き、芝木さんと親しかった津村さんは徹夜で追悼文を書かれることになった。芝木さんの熱烈な読者であった私は、それだけでも記憶に残るのだが、それ以上に鮮烈な場面がある。

その旅の打ち合わせで、どういう経緯だったか、私一人が津村さんを訪ねることになった。

井の頭公園そばの、蟬の鳴き声がするご自宅で、向き合って坐り、「どうぞ」と冷えた麦茶と茶菓子を出された。

茶菓子は和紙に包まれ、飾り紐がかけられた、風雅なものだったように思う。「どうぞ」と、もう一度すすめられた。

暑い中を歩いてくる訪問者のために、冷やして用意されたもので、冷たいうちにと思われたのだろう。

しかしながらまだ若く、目先の仕事に追われていた私は、打ち合わせを進めたかった。ノートとペンを手から離すことなく、話を続けた。

しばらく間があって、すうっと手が伸びた。私の前に、紐が解かれ、包み紙をはずした茶菓子が置かれた。すぐ食べられる状態にして、ご自分のものと交換されたのだ。

三十年たっても、この場面が鮮やかによみがえる。

声を発することなく、さりげなく、控え目に……。このような心配りをする女性に、その後出会ったことはない。吉村昭さんは、その女性を伴侶とされたのだ。合わせ鏡のようであり、組み合わせの妙という言葉が浮かぶ。

当初は単行本で、地方のゆかりの店も編集者とカメラマンとで訪ね、写真を入れる予定でした。

ところがコロナ等の直撃に遭い、変更を余儀なくされました。

しかし、そのおかげで、出久根達郎さんの有難い解説をいただくことになりました。

装幀は名久井直子さん、装画は平松麻さんです。

身に過ぎた、よき出会いに、心より感謝を申し上げます。

吉村昭さん没後十五年の、悠遠忌《ゆうえんき》に

谷口桂子

主要参考文献

吉村昭著書

『わたしの流儀』新潮文庫
『わたしの普段着』新潮文庫
『私の文学漂流』新潮文庫
『ひとり旅』文春文庫
『東京の下町』文春文庫
『縁起のいい客』文春文庫
『私の引出し』文春文庫
『街のはなし』文春文庫
『史実を追う旅』文春文庫
『万年筆の旅　作家のノート2』文春文庫

『歴史の影絵』文春文庫
『月夜の記憶』講談社文芸文庫
『私の好きな悪い癖』講談社文庫
『白い遠景』講談社文庫
『味を追う旅』河出文庫
『七十五度目の長崎行き』河出文庫
『蟹の縦ばい』中公文庫
『お医者さん・患者さん』中公文庫
『実を申すと』ちくま文庫
『事物はじまりの物語　旅行鞄のなか』ちくま文庫
『東京の戦争』ちくま文庫
『戦艦武蔵ノート』岩波現代文庫
『白い道』岩波現代文庫
『昭和歳時記』文藝春秋
『その人の想い出』河出書房新社
『履歴書代わりに』河出書房新社
『時代の声、史料の声』河出書房新社

『わたしの取材余話』河出書房新社
『人生の観察』河出書房新社
『冬の海――私の北海道取材紀行』筑摩書房
『回り灯籠』筑摩書房
『わが心の小説家たち』平凡社新書
『一家の主』毎日新聞社
『戦艦武蔵』新潮文庫
『冷い夏、熱い夏』新潮文庫
『羆嵐』新潮文庫
『海馬』新潮文庫
『死顔』新潮文庫
『熊撃ち』ちくま文庫
『青い骨』五月書房
『吉村昭自選作品集』新潮社
『炎天』筑摩書房

津村節子著書

『果てなき便り』文春文庫
『時の名残り』新潮文庫
『三陸の海』講談社文庫
『女の居場所』集英社文庫
『夫婦の散歩道』河出文庫
『書斎と茶の間』毎日新聞社
『風花の街から』毎日新聞社
『女の贅沢』読売新聞社
『みだれ籠』読売新聞社
『花時計』読売新聞社
『ふたり旅――生きてきた証しとして』岩波書店
『似ない者夫婦』河出書房新社
『桜遍路』河出書房新社
『明日への一歩』河出書房新社
『人生のぬくもり』河出書房新社

『女の引出し』文化出版局
『合わせ鏡』朝日新聞社
『もう一つの発見　自分を生きるために』海竜社
『私の女友達』毎日新聞社
『遥かな道』河出書房新社
『紅梅』文春文庫
『重い歳月』文春文庫
『遍路みち』講談社文庫
『瑠璃色の石』新潮文庫
『津村節子自選作品集』岩波書店
『愛する伴侶を失って』加賀乙彦　津村節子　集英社文庫

その他

『吉村昭が伝えたかったこと』文藝春秋編　文春文庫
『酒中日記』吉行淳之介編　中公文庫

『また酒中日記』吉行淳之介編　中公文庫
『吉村昭』川西政明　河出書房新社
『評伝　吉村昭』笹沢信　白水社
『人間　吉村昭』柏原成光　風濤社
『道づれの旅の記憶――吉村昭・津村節子伝』川西政明　岩波書店
『文壇挽歌物語』大村彦次郎　ちくま文庫
『名士の食卓』大河内昭爾　彩古書房
『文士の料理店』嵐山光三郎　新潮文庫
『心に灯がつく人生の話』文藝春秋編　文春文庫
「文藝別冊　吉村昭」河出書房新社
「文藝春秋」２００６年10月号　文藝春秋
「群像」２００６年10月号　講談社
「小説新潮」２００７年４月号　新潮社
「季刊文科36」鳥影社
「吉村昭と北海道」北海道立文学館

解説

仲人の人柄

出久根達郎

二〇〇六（平成一八）年、吉村昭さんは亡くなられ、お別れ会が日暮里《にっぽり》駅前のラングウッドホテルで行われた。ホテルの敷地の一角は昔、吉村家の隠居所があったところである。

暑い盛りであったが、故人を悼む一般客の姿は溢れんばかりだった。

母親に連れられた小学児童の姿もあった。五年生ぐらいだったろうか、男の生徒である。どうやら親にせがんで参加したらしい。そんなそぶりであった。大人ばかりの客の中で、身内でない小学生は目立った。当日、一番若い吉村文学の読者だった。

意外に思われたかたは、多かったようである。驚いた目で親子の様子を見つめていた。

実は私がその一人である。吉村文学のファンは、ある程度、世の辛酸を味わい、人生の裏表を見てきた年代が占める、と勝手に思いこんでいたからである。読者サービスの少ない、表情の乏しい描写、感情を押し殺した文章は、現代の若者にはとっつきにくいだろう。まして小中学生に愛読者がいるとは考えられない。第一、読む気になれるかどうか。

いたのである。お別れ会に現われた小学生は、特別ではあるまい。彼は小中学生ファンの、いわば代表者であろう。彼と同じような年少の読者が、私が想像するよりはるかにたくさん、潜在しているのだ。

私は何を勘違いしていたのだろう。『戦艦武蔵』や『陸奥《むつ》爆沈』『零式戦闘機』の著者だから、軍艦や爆撃機に関心のある読者を想定して執筆する、と断言するのと同じである。筆者は読者を選ぶことはできない。小中学生が吉村文学を好んで不思議はない。吉村文学はこういう性格だから、こういう人しか理解できない、と規定する方が間違いで、思いあがった独善である。

私は反省している。吉村文学は高踏すぎて、手を出しにくい、という声をよく聞く。歴史の基礎知識が無いもので、自分には向かない、とはなから投げている人もいる。

そんなことはない。大方の人は、吉村文学のタイトルにおじけづいているのである。『長英逃亡』『ふぉん・しいほるとの娘』『桜田門外ノ変』『ニコライ遭難』『天狗争乱』『生麦《なまむぎ》事件』『彰義隊《しょうぎたい》』……

なるほど、むずかしそうな長編がずらり。あとずさりする読者に、私は吉村文学の魅力に触れるには、小説より先にエッセイ集をお勧めする。どれでもよい。『わたしの流儀』『わたしの普段着』『昭和歳時記』『私の好きな悪い癖』『実を申すと』『私の引出し』……小説の題名にくらべれば、こちらは親しみやすい。『蟹《かに》の縦《たて》ばい』という洒落《しゃれ》たタイトルの文庫もある。

いや、エッセイ集を選ぶまでもない。

本書を読めば、よい。ここには吉村文学のエッセンスが詰まっている。

本文を一読なさった読者はお気づきかと思うが、これは食物と酒を話材にした吉村昭文学入門書なのである。吉村昭の人となり、執筆の動機や意図、取材の苦心、処世観、人の見分け方、世渡りのコツ、夫婦円満の知恵、などを、いつのまにか学ぶことができる。

吉村昭という作家の書くものは面白そうではないか。読んでみようという気をそそられる。

私は吉村さんご夫妻が、五十代後半までに六十組以上の仲人《なこうど》をつとめた、という記述にびっくりした。本書の著者も目をむいているが、世間の夫婦はそれくらいの数はこなしているのだ、と思っていたというから、更にびっくりである。仲人の口は、福徳夫婦にしか持ちかけられない。とげとげしい性格や、波乱の日常を送っている夫妻には、まず声がかからぬ。媒酌回数の多さは、夫婦円満の証《あかし》であり勲章である。

本書の著者・谷口桂子さんは、作家で俳人だが、かつて週刊誌で各界の夫婦を訪ねて、縁結びの秘話や、所帯持ちの哀歓、結婚の意義などの聞き書きを連載していた（インタビュー集『夫婦の階段』の書名で出版されている）。

私どもも二〇〇一年にオファーを受け、二十四年間の結婚生活を語っている。谷口さんは吉村昭・津村節子ご夫妻も、当然インタビューされたはずである。何しろ文壇の鴛鴦《おしどり》カップル、といわれて有名だった。谷口さんは訪問前に、お二人の著作をかなり読み込まれたに違いない。私の時がそうだったから。つまり、本書は当時の勉強の産物である、と言ったらうがちすぎか（のちに聞いたら、夫婦揃っての取材は原則として固辞している、と断られたそうである）。

吉村昭さんは、自分は小説家らしい風貌でないせいか、そうと見られたことは一度もない、と書いている。刑事や土木業者、工務店主、配管工や八百屋の主人と間違われた。あろうことか、吉村昭のニセモノと疑われたこともあった。

私が文藝家協会会員に推薦された時、吉村さんは江藤淳理事長急逝のため、理事長代行をなさっていた。ものわかりのよさそうな重役、というタイプで、緊張していた私はホッとなごんだのを覚えている。

何年かたって協会の会合に、私も加わっていた。私の隣席が城山三郎さんで、城山さんのま向かいの席が吉村さんだった。休憩の時間に吉村さんが立って、城山さんに話に来た。

「昨夜、銀座のバーに知りあいに案内されてね」とまじめな顔で語りはじめた。

「それはよかったね」と城山さんもまじめにうなずいた。

「女の子がね、あら、先生の背広、ずいぶん年代物ねえって言うんだよ」

「君、そいつは無礼だよ。失礼じゃないか。客に言うことじゃないよ。たしなめたかい？」

「別にたしなめはしなかったがね」

「君、注意しなくちゃいけないよ。若い者は教えなくちゃわからない」

「それはそうかもしれないが。しかし、この背広の型、古いかねえ」

吉村さんは胸をそらせた。城山さんはニコリともしないで、感想を述べた。

「古いことは、古いね」

二人の問答に、私は失礼ながら、笑いを嚙み殺すのに往生した。


（でくね・たつろう　小説家）

―本書のプロフィール―

本書は、小学館文庫のための書き下ろしです。

小学館文庫

食《しょく》と酒《さけ》 吉村昭《よしむらあきら》の流儀《りゅうぎ》

著者 谷口桂子《たにぐちけいこ》

二〇二一年八月十一日　初版第一刷発行

発行人　金川 浩
発行所　株式会社 小学館
〒一〇一-八〇〇一
東京都千代田区一ツ橋二-三-一
電話　編集〇三-三二三〇-五一七〇
販売〇三-五二八一-三五五五
印刷所 ――――― 図書印刷株式会社

ISBN978-4-09-407049-1